Leggende r

Matilde

CW00383153

A cura di 2017 Qem Classic
ISBN-13 978-1546636632
ISBN-10 1546636633

Indice dei contenuti

LA CITTÀ DELL'AMORE

Mancano a noi le nere foreste del Nord, le nere foreste degli abeti, cui l'uragano fa torcere i rami come braccia di colossi disperati; mancano a noi le bianchezze immacolate della neve che dànno la vertigine del candore; mancano le rocce aspre, brulle, dai profili duri ed energici; manca il mare livido e tempestoso. Sui nostri prati molli di rugiada non vengono gli *elfi* a danzare la ridda magica; non discendono dalle colline le peccatrici *walkirie*, innamorate degli uomini; non compaiono al limitare dei boschi le *roussalke* bellissime; qui non battono i panni umidi le maledette lavandaie, perfide allettatrici del viandante; il folletto *kelpis* non salta in groppa al cavaliere smarrito.

Lassù una natura quasi ideale, nebulosa, malinconica, ispiratrice agli uomini di strani delirî della fantasia: qui una natura reale, aperta, senza nebbie, ardente, secca, eternamente lucida, eternamente bella che fa vivere l'uomo nella gioia o nel dolore della realtà. Lassù si sogna nella vita; qui si vive in un sogno che è vita. Lassù i solitarî e tristi piaceri della immaginazione che crea un mondo sovrasensibile; qui la festa completa di un mondo creato. E le nostre leggende hanno un carattere profondamente umano, profondamente sensibile che fa loro superare lo spazio ed il tempo. Soltanto, per ascendere ad una suprema idealità, hanno bisogno del misticismo: di quel misticismo che è la follia dell'anima, inebbriata omicida del corpo, di quel misticismo che è fede, pensiero, amore, arte, attraverso tutti i secoli, in ogni paese; di quel misticismo che è il massimo punto divino a cui può giungere un'esistenza eccessivamente umana. Ma a questo dramma, a questa vittoria cruenta dello spirito sul corpo, vien dietro un altro dramma, più umano, più potente, dove il pensiero ed il sentimento non vincono la vita, ma vi si compenetrano e vi si fondono; dove l'uomo non uccide una parte di sé per la esaltazione dell'altra, ma dove tutto è esistenza, tutto è esaltazione, tutto è trionfo: il dramma dell'amore. Le nostre leggende sono l'amore. E Napoli è stata creata dall'amore.

Cimone amava la fanciulla greca. Invero ella era bellissima: era l'immagine della forte e vigorosa bellezza che ebbero Giunone e Minerva, cui veniva rassomigliata. La fronte bassa e limitata di dea, i grandi occhi neri, la bocca voluttuosa, la vivida candidezza della carnagione, lo stupendo accordo della grazia e della salute in un corpo ammirabile di forme, la composta serenità della figura, la rendevano tale. Si chiamava Parthenope, che nel dolce linguaggio greco significa Vergine. Ella godeva sedere sull'altissima roccia, fissando il fiero sguardo sul mare, perdendosi nella contemplazione delle glauche lontananze dello Ionio. Non si curava del vento marino che le faceva sbattere il peplo, come ala di uccello spaventato; non udiva il sordo rumore delle onde che s'incavernavano sotto la roccia, scavandola a poco, a poco. L'anima cominciava per immergersi in un pensiero; oltre quel mare, lontano lontano, dove l'orizzonte si curva, altre regioni, altri paesi, l'ignoto, il mirabile, l'indefinibile. In questo pensiero la fantasia si allargava in un sogno senza confine, la fanciulla sentiva ingrandire la potenza del suo spirito e, sollevata in piedi, le pareva di toccare il cielo col capo e di potere stringere nel suo immenso amplesso tutto il mondo. Ma presto questi sogni svaniscono. Ora ella ama Cimone, con l'unico possente, imperante amore della fanciulla, che si trasforma in donna.

Nella notte di estate, notte bionda e bianca di estate, Cimone parla all'amata:

– Parthenope, vuoi tu seguirmi?

– Partiamo, amore.

– Tuo padre ti rifiuta al mio talamo, o soavissima: Eumeo vuole egli per tuo sposo e suo figliolo. Ami tu Eumeo?

– Amo te, Cimone.

– Lode a Venere santa e grazie a te, suo figliola! Pensa dunque quale nero incubo sarebbe la vita, divisi, lontani – e come, giovani ancora, aneleremmo alle cupe ombre dello Stige. Vuoi tu partire meco, Parthenope?

– Io sono la tua schiava, amore.

– Pensa: dimenticare la faccia di tuo padre, cancellare dal tuo volto il bacio delle sorelle, fuggire le dolci amiche, abbandonare il tuo tetto...

– Partiamo, Cimone.

– Partire, o dolcissima, partire per un viaggio lungo, penoso, sul mare traditore, per una via ignota, ad una meta sconosciuta; partire senza speranza di ritorno; affidarsi ai flutti, sempre nemici degli amanti; partire per andare lontano, molto lontano, in terre inospitali, brune, dove è eterno l'inverno, dove il pallido sole si fascia di nuvole, dove l'uomo non ama l'uomo, dove non sono giardini, non sono rose, non sono templi...

Ma nei grandi occhi neri di Parthenope è il raggio di un amore insuperabile e nella sua voce armoniosa vibra la passione:

– Io t'amo – ella dice –, partiamo.

Sono mille anni che il lido imbalsamato li aspetta. Mille primavere hanno gittata sulle colline la ricchezza inesausta, rinascente, dalla loro vegetazione – e dalla montagna sino al mare si spande il lusso irragionevole, immenso, sfolgorante di una natura meravigliosa. Nascono i fiori, olezzano, muoiono perché altri più belli sfoglino i loro petali sul suolo; milioni e milioni di piccole vite fioriscono anche esse per amare, per morire, per rinascere ancora.

Da mille anni attende il mare innamorato, da mille anni attendono le stelle innamorate. Quando i due amanti giungono al lido divino un sussulto di gioia fa fremere la terra, la terra nata per l'amore, che senza amore è destinata a perire, abbruciata e distrutta dal suo desiderio. Parthenope e Cimone vi portano l'amore. Dappertutto, dappertutto essi hanno amato. Stretti l'uno all'altra, essi hanno portato il loro amore sulle colline, dalla bellissima, eternamente fiorita di Poggioreale, alla stupenda di Posillipo; essi hanno chinato i loro volti sui crateri infiammati, paragonando la passione incandescente della natura alla passione del loro cuore; essi si sono perduti per le oscure caverne che rendevano paurosa la spiaggia *Platamonia;* essi hanno errato nelle vallate profonde che dalle colline scendevano al mare; essi hanno percorso la lunga riva, la sottile cintura che divide il mare dalla terra. Dovunque hanno amato. Nelle stellate notti di estate, Parthenope si è distesa sull'arena del lido fissando lo sguardo nel cielo, carezzando con la mano la chioma di Cimone che è al suo fianco; nelle lucide albe di primavera hanno raccolto, nel loro splendido giardino, fiori e baci, baci e fiori inesauribili; ne' tramonti di porpora dell'autunno, nella stagione che declina, hanno sentito crescere in essi più vivo l'amore; nelle brevi e belle giornate invernali hanno sorriso senza mestizia, pur anelando alla novella primavera. La pianta secolare ha prestata la sua ombra benevola a tanta gioventù; la contorta e bruna pietra dei campi Flegrei non ha lacerato il gentil piede di Parthenope; il mare si è fatto bonario ed ha cantata loro la canzoncina d'amore, la natura leale non ha avuto agguati per essi; sugli azzurri orizzonti ha spiccato il profilo bellissimo della fanciulla, il profilo energico del garzone. Quando essi si sono chinati ed hanno baciato la terra benedetta, quando hanno alzato lo sguardo al cielo, un palpito ha loro risposto e fra l'uomo e la natura si è affermato il profondo, l'invincibile amore che li lega. Napoli, la città della giovinezza, attendeva Parthenope e Cimone; ricca, ma solitaria, ricca, ma mortale, ricca, ma senza fremiti. Parthenope e Cimone hanno creata Napoli immortale.

Ma il destino non è compito ancora. Più alto scopo ha l'amore di Parthenope. Ecco: dalla Grecia giunsero, per amor di lei, il padre e le sorelle e amici e parenti che vennero a ritrovarla; ecco: sino al lontano Egitto, sino alla Fenicia, corre la voce misteriosa di una plaga felice dove nella bella festa dei fiori e dei frutti, nella dolcezza profumata dell'aria, trascorre beatissime la vita. Sulle fragili imbarcazioni accorrono colonie di popoli lontani che portano seco i loro figliuoli, le immagini degli dèi, gli averi, le comuni risorse; alla capanna del pastore sorge accanto quella del pescatore; la rozza e primitiva arte dell'agricoltura, le industrie manuali appena sul nascere compiono fervidamente la loro opera. Prima sorge sull'altura, il villaggio a grado a grado guadagna la pianura; un'altra colonia se ne va sopra un'altra collina ed il secondo villaggio si unisce col primo; le vie si tracciano, la fabbrica delle mura,

cui tutti concorrono, rinserra poco a poco nel suo cerchio una
città. Tutto questo ha fatto Parthenope. Lei volle la città. Non
più fanciulla, ma ora donna completa e perfetta madre: dal suo
forte seno dodici figliuoli hanno vista la luce, dal suo forte
cuore è venuto il consiglio, la guida, il soffio animatore. È lei
la donna per eccellenza, la madre del popolo, la regina umana
e clemente, da lei si appella la città; da lei la legge, da lei il
costume, da lei il costante esempio della fede e della pietà.
Due templi sorgono a dèe, invocate protettrici della città:
Cerere e Venere. Ivi si prega, ivi, attraverso gli intercolunni,
sale al cielo il fumo dell'olibano. Una pace profonda e
costante è nel popolo su cui regna Parthenope; ed il lavorìo
operoso dell'uomo non è che una leggiera spinta alla natura
benigna.

La più bella delle civiltà, quella dello spirito
innamorato; il più grande dei sentimenti, quello dell'arte; la
fusione dell'armonia fisica con l'armonia morale, l'amore
efficace, fervido, onnipossente è l'ambiente vivificante della
nuova città. Quando Parthenope viene a sedere sulla roccia del
monte Echia, quando essa fissa lo sguardo sul Tirreno, più
fido dello Ionio, l'anima sua si assorbisce in un pensiero. La
regione ignota è raggiunta, il mirabile, l'indefinibile, ecco, è
creato, è reale, è opera sua. E mentre la fantasia si allarga, si
allarga in un sogno senza confine, Parthenope sente
giganteggiare il suo spirito e sollevata in piedi le pare di
toccare il cielo col capo e di stringere il mondo in un immenso
amplesso.

Se interrogate uno storico, o buoni ed amabili lettori,
vi risponderà che la tomba della bella Parthenope è sull'altura
di San Giovanni Maggiore, dove allora il mare lambiva il
piede della montagnola. Un altro vi dirà che la tomba di
Parthenope è sull'altura di Sant'Aniello, verso la campagna,
sotto Capodimonte. Ebbene, io vi dico che non è vero.
Parthenope non ha tomba, Parthenope non è morta. Ella vive,
splendida, giovane e bella, da cinquemila anni. Ella corre
ancora sui poggi, ella erra sulla spiaggia, ella si affaccia al
vulcano, ella si smarrisce nelle vallate. È lei che rende la

nostra città ebbra di luce e folle di colori: è lei che fa brillare le stelle nelle notti serene; è lei che rende irresistibile il profumo dell'arancio; è lei che fa fosforeggiare il mare. Quando nelle giornate d'aprile un'aura calda c'inonda di benessere è il suo alito soave: quando nelle lontananze verdine del bosco di Capodimonte vediamo comparire un'ombra bianca allacciata ad un'altra ombra, è lei col suo amante; quando sentiamo nell'aria un suono di parole innamorate; è la sua voce che le pronunzia; quando un rumore di baci, indistinto, sommesso, ci fa trasalire, sono i suoi baci; quando un fruscìo di abiti ci fa fremere al memore ricordo, è il suo peplo che striscia sull'arena, è il suo piede leggiero che sorvola; quando di lontano, noi stessi ci sentiamo abbruciare alla fiamma di una eruzione spaventosa, è il suo fuoco che ci abbrucia. È lei che fa impazzire la città: è lei che la fa languire ed impallidire di amore: è lei la fa contorcere di passione nelle giornate violente dell'agosto. Parthenope, la vergine, la donna, non muore, non ha tomba, è immortale, è l'amore. Napoli è la città dell'amore.

VIRGILIO

Oggi, domenica, festa degli Ulivi. Cristo entra in Gerusalemme portando in mano il ramoscello della pace. Oggi, buon lettore, si fa la pace. Vi è chi ha litigato con l'amico e chi con l'innamorata: vi è chi ha litigato con la persona indifferente, chi con quella che odia, chi con quella che ama di più: l'impiegato ha litigato col suo capo di ufficio, il marito con la moglie, l'artista ha detto molti improperi all'arte, lo scrittore si è accapigliato con la forma, il portinaio ha litigato col padron di casa. Tutti sono in bizza con qualcuno. Ma oggi una fogliolina, un ramoscello di olivo e la pace è fatta. Anche io ho litigato, e da tanto tempo, con una carissima persona, mentre ho continuato ad amarla piamente, nel segreto del cuore, mentre la sua assenza ha resa deserta e triste la mia casa, mentre la mancanza del suo alito soave ha reso arido e secco come la pomice quanto ho scritto. Questa carissima persona, la poesia, è da tanto tempo che non vuole saperne di me, quando io la desidero ardentemente e per orgoglio mi taccio. Oggi che l'orgoglio si smorza in una infinita tenerezza, voglio tentar di far la pace con la poesia mandandole una fogliolina di ulivo.

Dopo Parthenope, mito e donna, vergine e sirena, misto singolare di fantastico, di ideale, di umano e di divino, cui Napoli deve la sua poetica origine; dopo la poesia di Parthenope, quasi-Dea, creatrice, sorge la poesia di Virgilio, creatore, quasi-Divino. Noi conosciamo Virgilio il poeta delle " Egloghe ", delle " Georgiche " e dell'" Eneide "; conosciamo poco Virgilio Mago che ha prodigato alla città diletta fra tutte i miracoli del suo potere magico. Noi siamo ingrati verso colui che esclama:

Illo Virgilium me tempore dulcis alebat
Parthenope.....

eppure molte cose che allettano ed incantano noi moderni e c'incatenano nella indolente ammirazione di questa bella ed oziosa città, molte cose la cronaca attribuisce alla magia di Virgilio. La cronaca è ingenua, semplice ed in buona fede. La cronaca farà sogghignare gli scettici, poiché essi non hanno più la consolazione di sorridere. La cronaca sarà qualificata una sciocchezza – e tira via. Ma l'oscuro traduttore e commentatore della cronaca gode specialmente di queste ingiurie e di questi sogghigni. Sentite dunque quello che la cronaca dice. Virgilio veniva di lontano, dal nord forse, dal cielo certamente; egli era giovane, bello, alto nella persona, eretto nel busto, ma camminava con la testa curva e mormorando certe sue frasi, in un linguaggio strano che niuno poteva comprendere. Egli abitava sulla sponda del mare dove s'incurva il colle di Posillipo, ma errava ogni giorno nelle campagne che menano a Baia ed a Cuma; egli errava per le colline che circondano Parthenope, fissando, nella notte, le lucide stelle e parlando loro il suo singolare linguaggio; egli errava sulle sponde del mare, per la riva Platamonia, tendendo l'orecchio all'armonia delle onde, quasi che elle dicessero a lui solo parole misteriose. Onde fu detto Mago e molti furono i miracoli della sua magia. In allora Parthenope era molestata da una grande quantità di mosche, mosche che si moltiplicavano in così grande numero e davano tanto fastidio, da farne fuggire i tranquilli e felici abitatori. Virgilio, per rimediare a così grave sconcio, fece fare una mosca d'oro, qualmente egli prescrisse – e dopo fatta, le insufflò, con magiche parole, la vita: la quale mosca d'oro se ne andava volando di qua e di là ed ogni mosca vera che incontrava faceva morire. Così in poco tempo furono distrutte tutte le mosche che affliggevano la bella città di Parthenope. Altro miracolo fu questo: le molte paludi che allora si trovavano nella città, erano dannose, e perché i miasmi che esalavano guastavano l'aria producendo febbri, pestilenze ed altre morie, e perché erano infestate da pericolosissime sanguisughe, il cui morso feroce produceva la morte. Fatto un potente scongiuro, Virgilio fece morire le sanguisughe, asciugò le paludi dove sorsero case e giardini e l'aria vi divenne la più pura che mai respirar si potesse. Così, giovandosi del suo potere che era infinito, un giorno egli salì sopra una collina e chiamò alla sua obbedienza i venti ed ordinò al Favonio che spirava nella città nel mese di aprile e col suo caldo soffio abbruciava le piante, i fiori, di mutare direzione: e la flora primaverile crebbe più bella e più rigogliosa. Laggiù nel quartiere che noi moderni chiamiamo Pendino, annidava un formidabile serpente che era lo spavento di ogni uomo avendo già morsicato e strozzato bambini e fanciulle, e quando si mettevano in molti per combatterlo, esso scompariva rapidamente nelle viscere della terra per poi ricomparire più terribile che mai. Chiamato Virgilio in soccorso, egli si avviò tutto solo, ricusando ogni compagnia, al luogo dove s'annidava il mostro e con le sue formule magiche l'ebbe subito domato e morto. Anzi è da notarsi che, sebbene la città fosse eretta sopra un'altra città, nera e malsana, fatta di caverne, sotterranei e cloache, dove potrebbero allignare simili rettili, da quel tempo sinora, mai più ve ne furono.

Quando un morbo fierissimo invase la razza dei cavalli, Virgilio fece fondere un grande cavallo di bronzo, gli trasfuse il suo magico potere e ogni cavallo condotto a fare tre giri intorno a quello di bronzo, era immancabilmente guarito, non senza molta collera di maniscalchi ed empirici che si vedevano superati e sbugiardati.

Certi pescatori della spiaggia napoletana e propriamente quelli che dimoravano nel punto chiamato in seguito Porta di Massa, andarono a Virgilio, lagnandosi della scarsa pesca che vi facevano e chiedendo a lui un miracolo. Virgilio li volle contentare e in una grossa pietra fece scolpire un piccolo pesce, disse le sue incantagioni e piantata la pietra in quel punto, il mare fruttificò mai sempre di pesci innumerevoli. Virgilio fece mettere sulle porte di Parthenope, verso le vie della Campania, due teste augurali ed incantate, una che rideva e l'altra che piangeva: onde colui che capitava a passare sotto la porta dove la testa rideva ne traeva buon augurio per i suoi affari che sempre riuscivano a bene ed il contrario colui che passava sotto la testa piangente. Fu Virgilio che in poche notti fece eseguire da esseri sovrannaturali la grotta di Pozzuoli, per facilitare il viaggio agli abitanti di quei villaggi che venivano in città; fu Virgilio che, per la sua virtù magica, fece sorgere un orto di erbe salutari per le ferite ed ottime come condimento alle vivande; fu Virgilio che insegnò ai giovani i giuochi delle melarance e delle piastrelle che s'ignoravano; fu Virgilio che di notte incantò le acque sorgive della riva Platamonia e della riva di Pozzuoli, dando loro singolare potenza per guarire ogni specie di malattia; fu Virgilio che applicando certi suoi rimedii e proferendo gli scongiuri, sanò molti e molti ammalati; fu Virgilio che volendo salvare la campagna del suo discepolo Albino, svelò il mistero dell'antro cumano dove i sacerdoti ingannavano il popolo coi responsi falsi, prodotti da una naturale combinazione di suoni. La cronaca soggiunge che Virgilio Mago fu amato, rispettato, idolatrato quasi come un Dio, poiché giammai rivolse la sua magia a scopo cattivo, sibbene sempre a vantaggio della città e dell'uomo. La cronaca non dice quando e dove morisse Virgilio: molti allora credettero alla sua immoralità; qualcuno alla sua morte su quel colle presso Avellino che chiamasi Montevergine, dove s'era ridotto a studiare ed era diventato vecchissimo. Ad ogni modo gli abitanti di Parthenope gli eressero un grande monumento che poi fu distrutto; quello che sorge all'imboccatura della gotta essendo un semplice colombario. Ma non ebbero alcuna sicuranza di fatto il sito e il modo e l'epoca della sua morte.

Ebbene poc'anzi ho errato dicendo che noi non conoscevamo Virgilio Mago. Non vi è che un solo Virgilio: quello che la favolosa cronaca delinea nelle ombre della magia è proprio il poeta. Invero egli non ha avuto che una magia sola: la grandiosa poesia del suo spirito. Nella cronaca è il poeta. Il poeta con le sue lunghe peregrinazioni per quella orrida, bella e straziata campagna che sono i Campi Flegrei, donde egli fantasticava dell'Averno e dello Stige; con le sue lunghe peregrinazioni nella Campania Felice, dove egli ha acquistato quell'amore profondo della natura, l'amore dei campi ubertosi che si stendono all'infinito sotto il sole, dei prati verdeggianti dove pascola quietamente il bove dai grandi occhi nei quali il cielo si riflette, l'amore dei boschi oscuri e silenziosi dove l'anima si calma e s'assopisce nella pace, l'amore dei colli aprichi, dove i liberi venti fanno ondeggiare tutta una coltivazione di fiori; l'amore dell'uccello che canta e vola via, dell'insetto dorato che ronza, della foglia che il turbine si porta, della forte quercia che nulla scuote: quell'amore profondo della natura che è il sentimento più alto del suo poema, che è la magia per cui ancora c'incanta, che è – con una parola troppo moderna, ma vera – la nostalgia del suo cuore che lo fa esclamare... " fortunatos agricolas ", che dà alla sua descrizione tanto colore, tanta luce, tanta vita.

È il poeta che cerca ed interroga ogni angolo oscuro della natura; è lui che parla alle stelle tremolanti di raggi nelle notti estive; è lui che ascolta il ritmo del mare, quasi fosse il metro per cui il suo verso scandisce; è il poeta che conosce la virtù dei semplici, è lui che ha scoverte certe leggi naturali, ignote a tutti; è il poeta civile che uccide le bestie, fa rasciugare le paludi e fa sorgere a quel posto palagi e giardini; è il poeta che insegna ai giovani i giuochi dove il corpo si fortifica e l'anima si serena; è lui, sublime fantastico, che stabilisce l'augurio della buona o della mala ventura; è lui che come calamita fortissima attrae a sé l'amore, l'ossequio, il rispetto; è Virgilio poeta. E nulla si sa della sua morte. Come Parthenope, la donna, egli scompare. Il poeta non muore.

IL MARE

Voi errate lontano di qua, anima settentrionale e vagabonda, e le brume in cui si affissa il vostro malinconico occhio, vi mettono intorno quell'ambiente monotono e triste in cui si acqueta ogni agitazione. Ma nelle tranquille divagazioni dove il vostro spirito amareggiato si disacerba, nella sorridente mestizia che aleggia in quello che scrivete, io veggo ogni tanto una divagazione vivace. Voi non avete dimenticato il nostro mare, il nostro bel mare di Napoli. Ancora vi appare e scompare rapidissima innanzi agli occhi una visione azzurra; ancora un molle suono, quasi indistinto e fuggente, vi lusinga l'orecchio; un profumo sottile come un ricordo lontanissimo vi fa dilatare le nari. Il mio bel golfo voi non lo avete dimenticato. Io leggo quello che scrivete, ma indovino quello che pensate. Dovete soffrire di una segreta nostalgia che non osate confessare, voi, esiliato volontario. E come l'eco dolorosa si ripercuote sul mio fedele e forte cuore d'amica, così io risponderò a quello che nascondete invece che a quello che palesate, e vi narrerò non la storia, ma la leggenda del mio poetico golfo.

Ognuno sa che Iddio, generoso, misericordioso e magnifico Signore, ha guardato sempre con occhio di predilezione la città di Napoli. Per lei ha avuto tutte le carezze di un padre, di un innamorato, le ha prodigato i doni più ricchi, più splendidi che si possano immaginare. Le ha dato il cielo ridente ed aperto, raramente turbato da quei funesti pensieri scioglientisi in lagrime che sono le nubi; l'aria leggera, benefica e vivificante che mai non diventa troppo rude, troppo tagliente; le colline verdi, macchiate di case bianche e gialle, divise dai giardini sempre fioriti; il vulcano fiammeggiante ed appassionato, gli uomini belli, buoni, indolenti, artisti e innamorati; le dame piacenti, brune, amabili e virtuose; i fanciulli ricciuti, dai grandi occhi neri ed intelligenti. Poi, per suggellare tanta grazia, le ha dato il mare, ha saputo quel che si faceva. Quello che sarebbero i napoletani, quello che vorrebbero, egli conosceva bene e nel dar loro la felicità del mare, ha pensato alla felicità di ognuno. Questo immenso dono è saggio, è profondo, è caratteristico. Ogni bisogno, ogni pensiero, ogni corpo, ogni fantasia, trova il suo cantuccio dove s'appaga, il suo piccolo mare nel grande mare.

Del passato, dell'antichissimo passato è il mare del Carmine. Poco distante dalla spiaggia è l'antica *porta di mare* che introduce alla piazza; sulla piazza storicamente famosa si eleva il bruno campanile, coi suoi quattro ordini a finestruole che lo fanno rassomigliare stranamente al giocattolo grazioso di un bimbo gigante; le casupole attorno sono basse, meschine, dalle finestre piccole, abitate da gente minuta. Il mare del Carmine è scuro, sempre agitato, continuamente tormentato. Sulla spiaggia semideserta non vi è l'ombra di un pescatore. Vi si profila qua e là la linea curva di una chiglia; la barca è arrovesciata, forse si asciuga al sole. Dinanzi alla garitta passeggia un doganiere che ha rialzato il cappuccio per ripararsi dal vento che vi soffia impetuoso. Presso la riva una barcaccia nera stenta a mantenersi in equilibrio; dal ponte per mezzo di tavole è stabilita una comunicazione con la terra; vi vanno e vengono facchini, curvi sotto i mattoni rossi che scaricano a riva. Ma non si canta né si grida. Il mare del Carmine non scherza. In un temporale d'estate portò via un piccolo stabilimento di bagni; in un temporale di inverno allagò la Villa del Popolo, giardino infelice, dove crescono male fiori pallidi e alberetti rachitici.

Qualche cosa di solenne, di maestoso vi spira. Il mare del Carmine era l'antico porto di Parthenope dove approdavano le galee fenicie, greche e romane, ma era porto malsicuro; esso ha visto avvenimenti sanguinosi e feste popolari. È un mare storico e cupo. Sulla piazza che quasi esso lambiva, dieci, venti volte sono state decise le sorti del popolo napoletano. Le onde sue melanconiche hanno dovuto mormorare per molto tempo: Corradino, Corradino. Le onde sue tempestose hanno dovuto ruggire per molto tempo: Masaniello, Masaniello. È il mare grandioso e triste degli antichi che sgomenta le coscienze piccine dei moderni. La sola voce del flutto rompe il silenzio che vi regna e qualche coraggioso, solitario e meditabondo spirito, vi passeggia, curvando il capo sotto il peso dei ricordi, fissando l'occhio sulla vita di quelli che furono.

Ma ferve la gente e ferve la vita sul mare del Molo. Non è spiaggia, è porto queto e profondo. L'acqua non ha onde o appena s'increspa; è nera, a fondo di carbone, un nero uniforme e smorto, dove nulla si riflette. Sulla superficie galleggiano pezzi di legno, brandelli di gomene, ciabatte sformate e sorci morti. Nel porto mercantile si stringono l'una contro l'altra le barcacce, gli *schooners*, i brigantini carichi di grano, di farina, di carbone, d'indaco, non vi è che una piccola linea di acqua sporca tra essi. Sul marciapiede una grua eleva nell'aria il suo unico braccio di ferro, che s'alza e s'abbassa con uno stridore di lima. Uomini neri dal sole, di fatica e di fumo, vanno, vengono, salgono e scendono. Un puzzo di catrame è nell'aria. Sulla banchina nuova, nel terrapieno, sono infissi pennoni a cui s'attorcigliano intorno grossissime gomene che danno una sicurezza maggiore ai vapori postali ancorati in rada. A destra c'è il porto militare, medesimo mare smorto e sporco, dove rimangono immobili le corazzate.

Dappertutto barchette che sfilano, zattere lente, imbarcazioni pesanti; le voci si chiamano, si rispondono, si incrociano. Il sole rischiara tutto questo, facendo brulicare nel suo raggio polvere di carbone, atomi di catene, limature di ferro; la sera l'occhio del faro sorveglia il Molo. Il mare del Molo è quello dei grossi negozianti, dei grossi banchieri, degli spedizionieri affaccendati, dei marinari adusti, degli ufficiali severi che corrono al loro dovere, dei viaggiatori d'affari che partono senza un rimpianto. È per essi che il Signore ha fatto il lago nero del Molo.

Del popolo e pel popolo è il mare di Santa Lucia. È un mare azzurro-cupo, calmo e sicuro. Una numerosa e brulicante colonia di popolani vive su quella riva. Le donne vendono lo *spassatiempo*, l'acqua solfurea, i polpi cotti nell'acqua marina; gli uomini intrecciano nasse, fanno reti, pescano, fumano la pipa, guidano le barchette, vendono i frutti di mare, cantano e dormono. È un paesaggio acceso e vivace. Le linee vi sono dure e salienti, il sole ardente vi spacca le pietre. Si sente un profumo misto di alga, di zolfo e di spezierie soffritte. I bimbi seminudi e bruni si rotolano nella via, cascano nell'acqua, risalgono alla superficie, scuotendo il capo ricciuto e gridando di gioia. Sulla riva un'osteria lunga lunga mette le sue tavole dalla biancheria candida, dai cristalli lucidi, dall'argenteria brillante. Di sera vi s'imbandiscono le cene napoletane. Suonatori ambulanti di violino, di chitarra, di flauto improvvisano concerti; cantatori affiochiti si lamentano nelle malinconiche canzonette, il cui metro è per lo più lento e soave e la cui allegria ha qualche cosa di chiassoso o di sforzato che cela il dolore; accattoni mormorano senza fine la loro preghiera; le donne strillano la loro merce. Di estate un vaporetto scalda la sua macchina per andare a Casamicciola, la bella distrutta, i barcaiuoli offrono con insistenza, a piena voce, in tutte le lingue, ai viaggiatori il passaggio fino al vaporetto. Dieci o dodici stabilimenti di bagni a camerini piccoli e variopinti; si asciugano al sole, sbattute dal ponente, le lenzuola; le bagnine hanno sul capo un fazzoletto rosso e fanno solecchio con la mano. Una folla borghese e provinciale assedia gli stabilimenti, scricchiolano le viottole di legno. Salgono nell'aria serena canti, suoni di chitarra, trilli d'organino, strilli di bimbi, bestemmie di facchini, rotolio di *trams*, profumi e cattivi odori; rifuggono i colori rabbiosi e mordenti; fiammeggiano le albe riflesse sul mare; fiammeggiano meriggi lenti e voluttuosi, riflessi sul mare; s'incendiano i tramonti sanguigni riflessi sul mare che pare di sangue. È il mare del popolo, mare laborioso, fedele e fruttifero, mare amante ed amato, per cui vive e con cui vive il popolo napoletano.

Eppure, a breve distanza, tutto cangia d'aspetto. Dalla strada larga e deserta si vede il mare del Chiatamone. La vista si estende per quel vastissimo piano, si estende quasi all'infinito, poiché è lontanissima la curva dell'orizzonte. Quel piano d'acqua è desolato, è grigio. Nulla vi è d'azzurro e la medesima serenità ha qualche cosa di solitario che rattrista. Le onde si rifrangono contro il muraglione di piperno con un rumore sordo e cupo; lontano, gli alcioni bianchi ne lambiscono le creste spumanti. A sinistra s'eleva sulla roccia il castello aspro, ad angoli scabrosi, a finestrelle ferrate; il castello spaventoso dove tanti hanno sofferto ed hanno pianto; il castello che cela il Vesuvio. Contro le sue basi di scoglio le onde s'irritano, si slanciano piene di collera e ricadono bianche e livide di rabbia impotente. Quando le nuvole s'addensano sul cielo e il vento tormentoso sibila fra i platani della villetta, allora la desolazione è completa, è profonda. Di lontano appare una linea nera: è una nave sconosciuta che fugge verso paesi ignoti. Alla sera passa lentamente qualche barca misteriosa che porta una fiaccola di luce sanguigna a poppa e che mette una striscia rossa nel palpito del mare: sono pescatori che stordiscono, con la fiaccola, il pesce. In quelle acqua un giovanetto nuotatore bello e gagliardo, vinto dalle onde, invano ha chiamato aiuto ed è morto affogato; in una notte d'inverno una fanciulla disperata ha pronunciata una breve preghiera e si è lanciata in mare, donde l'hanno tratta, orribile cadavere sfracellato e tumefatto. È il mare che Dio – come dice la vecchia leggenda – ha fatto per i malinconici, per gli ammalati, per i nostalgici, per gl'innamorati dell'infinito.

Invece ride il mare di Mergellina; ride nella luce rosea delle giornate stupende; ride nelle morbide notti di estate, quando il raggio lunare pare diviso in sottilissimo fili d'argento, ride nelle vele bianche delle sue navicelle che paiono giocondi pensieri aleggianti nella fantasia. Sulla riva scorre la fontana con un cheto e allegro mormorio; i fanciulli e le fantesche in abito succinto vengono a riempirvi le loro brocche. Uno *yacht* elegante, dall'attrezzeria sottile come un merletto, dalle velette candide orlate di rosso, si culla mollemente come una creola indolente, porta il nome a lettere d'oro, il nome dolce di qualche creatura celestiale e bionda: Flavia. Uno stabilimento di bagni, piccolo ed aristocratico, si congiunge alla riva per una breve viottola, sulla viottola passano le belle fanciulle vestite di bianco, coi grandi cappelli di paglia coperti da una primavera di fiori, cogli ombrellini dai colori splendidi che si accendono al sole; passano le sposine giovanette, gaie e fresche, attaccate al braccio dello sposo innamorato; i bimbi graziosi, dai volti ridenti e arrossati dal caldo. E nel mare, giù, è un ridere, uno scherzare, un gridio fra il comico spavento e l'allegria dell'acqua fredda, e corpi bianchi che scivolano fra due onde e braccia rotonde che si sollevano e volti bruni dai capelli bagnati. È la festa di Mergellina, di Mergellina la sorridente, fatta per coloro cui allieta la gioventù, cui fiorisce la salute, fatta pei giovani che sperano e che amano, fatta per coloro cui la vita è una ghirlanda di rose che si sfogliano e rinascono sempre vive e profumate.

Ma il mare dove *finisce il dolore* è il mare di Posillipo, il glauco mare che prende tutte le tinte, che si adorna di tutte le bellezze.

Quanto può ideare cervello umano per figurarsi il paradiso, esso lo realizza. È l'armonia del cielo, delle stelle, della luce, dei colori, l'armonia del firmamento con la natura, mare e terra. Si sfogliano i fiori sulla sponda, canta l'acqua penetrando nelle grotte, l'orizzonte è tutto un sorriso. Posillipo è l'altissimo ideale che sfuma nella indefinita e lontana linea dell'avvenire; Posillipo è tutta la vita, tutto quello che si può desiderare, tutto quello che si può volere. Posillipo è l'immagine della felicità piena, completa, per tutti i sensi, per tutte le facoltà. È la vita vibrante, fremente, nervosa e lenta, placida e attiva. È il punto massimo di ogni sogno, di ogni poesia. Il mare di Posillipo è quello che Dio ha fatto per i poeti, per i sognatori, per gl'innamorati di quell'ideale che informa e trasforma l'esistenza.

Quando il Signore ebbe dato a noi il nostro bel golfo, udite quello che la sacrilega leggenda gli fa dire: uditelo voi, anima glaciale e cuore inerte. Egli disse: Sii felice per quello che t'ho dato, e se non lo puoi, se l'incurabile dolore ti traversa l'anima, muori nelle onde glauche del mare.

LA LEGGENDA DELL'AMORE

In questo pomeriggio lungo di luglio un grande silenzio regna intorno; nelle vie abbruciate dal sole non passa alcuno; ed i cittadini dormono nel pesante assopimento dell'estate; vicino, sotto la finestra, in un tegame dove bolle lo strutto, scoppiettano e friggono certi peperoncini verdi ed arrabbiati; lontano, in una via trasversale, un organino suona un *valtzer* languido e malinconico; un moscone sussurra e dà di testa contro i vetri più alti della finestra socchiusa. Noi siamo tristi, ed il sangue che monta al capo, ci dà la vertigine: noi abbiamo l'anima di piombo e la bocca amara; noi abbiamo il desiderio dell'ombra profonda e delle bevande ghiacciate – perché invero ci è intorno la violenza di una passione secca e rude, perché ci sembra assistere allo spasimo e udire i singhiozzi convulsi della natura che muore nell'amore del sole. Le vie sono bianche, polverose e fulgide; le case gialle, rosse e bianche rifulgono; i colli sono splendidi di luce; il mare brilla tutto come un migliaio di specchi; sulla punta del cratere qualche cosa abbrucia e fuma ed il cielo è cupo nella sua serenità. Tutto è luce vivida, tutto è intensità di colore, ogni cosa si condensa; pare che si debbano spaccar le pietre, che le case debbano sbuzzar fuori, che le colline vogliano slanciarsi al cielo, che il mare voglia cangiarsi in metallo liquefatto e che la montagna voglia eruttare lave di fuoco – e tutto rimane immobile, tetro e grave. È per l'amore: voi certamente sapete che tutte le cose in Napoli, dalle pietre al cielo, sono innamorate.

Non conoscete la storiella dei quattro fratelli? Io ve la narrerò. Una volta, allora, allora, nel tempo dei tempi, v'erano quattro fratelli che s'amavano di cordialissimo amore e non si staccavano mai l'uno dall'altro. Erano belli, giovani, freschi, aitanti nella persona e sulle giovani teste ben s'addicevano le ghirlande di rose. Ognun di loro arse in segreto per una fanciulla, né se ne confidarono il nome; ma la sorte malaugurata riunì tutti gli amori dei quattro fratelli in una donna sola. Ella nessuno di quelli voleva amare. Asperrima guerra sarebbe sorta tra loro e sangue fraterno sarebbe stato sparso, se una notte la loro bella non fosse sparita per sempre. Ma essi, pazienti ed innamorati, l'aspettano da migliaia di anni: sono cangiati in quattro colli ameni e fioriti che dal loro nome si chiamano Poggioreale, di Capodimonte, di San Martino, del Vomero – e l'uno accanto all'altro, immobilmente innamorati, aspettano il ritorno di colei che amano. Fioriscono le primavere sul loro capo, s'infiamma l'estate, piange l'autunno, s'incupisce la nera stagione; ed i poggi non si stancano d'aspettare. Ma l'amore della bella assente è scarso al confronto dell'amore per una bella sempre presente e crudele. La sapete voi la seconda storiella? Vi fu una volta un giovanetto leggiadro e gentile, nel cui volto si accoppiava il gaio sorriso dell'anima innocente al malinconico riflesso di un cuore sensibile; egli era nel medesimo tempo festevole senza chiasso e serio senza durezza. Chi lo vedeva lo amava; e la gente accorreva a lui come ad amico, per allietarsi della sua compagnia. Ma il bel giovanetto fu molto infelice, molto infelice; gli entrò nell'anima un amore ardente, la cui fiamma, che saliva al cielo, non valse ad incendere il cuore della donna che egli amava. Era costei una donna di campagna, cui era stato dato in dono la bellezza del corpo, ma a cui era stata negata quella dell'anima: ella era una di quelle donne incantatrici, fredde e sprezzose che non possono né godere, né soffrire.

Paiono fatte di pietra, di una pietra levigata, dura e glaciale; vanno in pezzi ma non si ammolliscono; cadono fulminate ma non muoiono. Tale era Nisida, colei che fu invano amata dal giovanetto, poiché nulla valse a vincerla. Allora lui che si chiamava Posillipo, amando invano la bella donna che viveva di faccia a lui, per sfuggire a quella vista che era il suo tormento e la sua seduzione, decise di precipitarsi nel mare e finire così la sua misera vita. Decisero però diversamente i Fati e rimasto a mezz'acqua il bel giovanetto, vollero lui mutato in poggio che si bagna nel mare e lei in uno scoglio che gli è dirimpetto: lui poggio bellissimo dove accorrono le gioconde brigate, in lui dilettandosi, lei destinata ad albergare gli omicidi ed i ladri che gli uomini condannano alla eterna prigionia – così eterno il premio, così eterno il castigo.

E vi è anche l'amore che è un prodigioso abbagliamento, un miraggio fatale, l'acciecamento di colui che, ardito e folle, ha voluto fissare il sole. Era un pescatore abile e fortunato, colui di cui vi narro, e l'intiero suo giorno passava fra l'amo e le reti, lieto quando la pesca era abbondante, incollerito quando la tempesta che intorbida le acque, rendeva inefficace le sue fatiche. Era uomo semplice e buono, silenzioso ed ignorante d'amore: quando un giorno, mentre sedeva a riva ed immergeva l'amo nell'onda, dalle glauche acque, dinanzi a lui sorse una Ninfa marina, dal corpo bianco e provocante, dai lunghi e biondi capelli che il vento sollevava, dallo sguardo verde e terso come il cristallo; ella cantava soavemente e le sue candide dita volavano sulla cetra. Era così lusinghiero, così attraente il suo canto che il povero pescatore sentì struggersi il cuore e non avendo che l'ardente desiderio di raggiungere la sirena e morire in un supremo abbraccio, precipitò nel mare. Tre volte venne a galla, tre volte scomparve nel mare – e lui fortunato se potette con la morte pagare così infinito godimento. Il sito dove egli precipitò fu chiamato Mergellina dal suo nome e dicesi ancora, nelle fosforescenti notti d'estate, vi ricompaia la sirena.

V'è poi la pietosa istoria dell'amore felice che è combattuto e vinto dalla morte: una storiella ingenua come tutte le altre. Vi si narra di un ricco signore chiamato Sebeto, che abitava in una campagna presso Napoli, in un palazzo tutto di marmo. Egli per amore aveva menato in moglie una donna chiamata Megera che lo ricambiava con egual tenerezza. Egli teneva cara questa sua moglie sopra tutte le cose e profondeva per lei tutte le sue ricchezze: accadde che in un giorno ella volle andare a diporto sopra una feluca pel golfo di Napoli. Verso la riva Platamonia, dove il mare è sempre tempestoso, mentre i marinari volevano far forza contro il vento, la feluca si capovolse e Megera si annegò diventando uno scoglio. Alla orribile nuova Sebeto sentì spezzarsi il cuore e per molto tempo si sciolse in amarissime lagrime in modo che tutta la sua vita si disfece in acqua, correndo a gettarsi nel mare dove Megera era morta.

E tutte le fontane di Napoli sono lagrime: quella di Monteoliveto è formata dalle lagrime di una pia monachella che pianse senza fine sulla Passione di Gesù; quella dei Serpi sono le lagrime di Belloccia, una serva fedele innamorata del suo signore; quella degli Specchi è fatta delle lagrime di Corbussone, cuoco di palazzo e folle di amore per la regina cui cucinava gli intingoli; quella del Leone è il pianto di un principe napoletano, cui unico e buon amico era rimasto un leone che gli morì miseramente; e quella di fontana Medina sono le lagrime di Nettuno, innamorato di una bella statua cui non arrivò a dar vita. Ma la passione è nell'ultima storiella che ascolterete. Vi si parla di un nobile signore, appartenente ad uno dei primi seggi della città, e che s'innamorò perdutamente di una fanciulla di casa nemica; era il cavaliere di carattere violento, di temperamento focoso, pronto al risentimento ed all'ira. Pure, per ottenere la donna che amava, sarebbe diventato umile come un poverello cui manca il pane. Ma l'amore dei due giovani, anziché diminuire e lenire le collere di parte, valse a rinfocolarle – e per preghiere ed intercessioni che venissero fatte, la nobile famiglia Capri non volle accettare il matrimonio. Anzi per trovar rimedio all'amore dei due, fu deciso imbarcare la fanciulla sopra una feluca e mandarla in estranea contrada. Ma essa che si sentiva strappar l'anima, allontanandosi dal suo bene, come fu fuori del porto, inginocchiatasi e pronunciata una breve preghiera, si slanciò nell'onde, donde uscì isola azzurra e verdeggiante. Ma non si chetava l'amore nel cuore del nobile Vesuvio, quale era il nome del cavaliere e la collera gli bolliva in corpo: quando seppe della nuova crudele, cominciò a gittar caldi sospiri e lagrime di fuoco, segno della interna passione che lo agitava; e tanto si gonfiò che divenne un monte nelle cui viscere arde un fuoco eterno d'amore. Così egli è dirimpetto alla sua bella Capri e non può raggiungerla e freme d'amore e lampeggia e s'incorona di fumo e il fuoco trabocca in lava corruscante…

....

O anime trafitte, o anime sconsolate, o voi che per l'amore portate nel cuore sette spade di dolore, non vi sorrida la speranza di guarirvi qui. Qui amano anche le pietre: gli uomini sani s'ammalano d'amore e gli infermi ne muoiono.

IL PALAZZO DONN'ANNA

Il bigio palazzo si erge nel mare. Non è diroccato, ma non fu mai finito; non cade, non cadrà, poiché la forte brezza marina solidifica ed imbruna le muraglie, poiché l'onda del mare non è perfida come quella dei laghi e dei fiumi, assalta ma non corrode. Le finestre alte, larghe, senza vetri, rassomigliano ad occhi senza pensiero; nei portoni dove sono scomparsi gli scalini della soglia, entra scherzando e ridendo il flutto azzurro, incrosta sulla pietra le sue conchiglie, mette l'arena nei cortili, lasciandovi la verde e lucida piantagione delle sue alghe. Di notte il palazzo diventa nero, intensamente nero; si Serena il cielo Sul suo capo, rifulgono le alte e bellissime stelle, fosforeggia il mare di Posillipo, dalle ville perdute nei boschetti escono canti malinconici d'amore e le monotone note del mandolino: il palazzo rimane cupo e sotto le sue vòlte fragoreggia l'onda marina. Ogni tanto par di vedere un lumicino passare lentamente nelle sale e fantastiche ombre disegnarsi nel vano delle finestre: ma non fanno paura. Forse sono ladri volgari che hanno trovato là un buon covo, ma la nostra splendida povertà non teme di loro; forse sono mendicanti che trovarono un tetto, ma noi ricchi di cuore e di cervello, ci abbassiamo dalla nostra altezza per compatirli. E forse sono fantasmi e noi sorridiamo e desideriamo the ciò sia; noi li amiamo i fantasmi, noi viviamo con essi, noi sogniamo per essi e per essi noi moriremo. Noi moriremo per essi, col desiderio di vagolare anche noi sul mare, per le colline, sulle rocce, nelle chiesette tetre ed umide, nei cimiteri fioriti, nelle fresche sale dove il medioevo ha vissuto.

Fu una sera e splendevano di luce vivida quelle finestre; attorno attorno il palazzo, sul mare, si cullavano barchette di piacere adorne di velluti che si bagnavano nell'acqua, vagamente illuminate da lampioncini colorati, coronate di fiori alla poppa; i barcaiuoli si pavoneggiavano nelle ricche livree. Tutta la nobiltà napoletana, tutta la nobiltà spagnuola, accorreva ad una delle magnifiche feste che l'altiera Donn'Anna Carafa, moglie del duca di Medina Cœli, dava nel suo palazzo di Posillipo. Nelle sale andavano e venivano i servi, i paggi dai colori rosa e grigio, i maggiordomi dalla collana d'oro, dalle bacchette di ebano: giungevano continuamente le bellissime signore, dagli strascichi di broccato, dai grandi collari di merletto, donde sorgeva come pistillo di fiore la testa graziosa, dai monili di perle, dai brillanti che cadevano sui busti attillati e seducenti; giungevano accompagnate dai mariti, dai fratelli e qualcuna, più ardita, solamente dall'amante. Nella grande sala, sulla soglia, nel suo ricchissimo abito rosso, tessuto a lama d'argento, con un lieve sorriso sulla bocca, il cui grosso labbro inferiore s'avanzava quasi in atto di spregio, inchinando appena il fiero capo alle donne, dando la mano da baciare ai cavalieri grandi di Spagna di prima classe come lei, stava Donna Anna di Medina Cœli. L'occhio grigio dal lampo d'acciaio, simile a quello dell'aquila, rivelava l'interna soddisfazione di quell'anima fatta d'orgoglio: ella godeva, godeva senza fine nel vedere venire a lei tutti gli omaggi, tutti gli ossequi, tutte le adulazioni.

Era lei la più nobile, la più potente, la più ricca, la più bella, la più rispettata, la più temuta, lei duchessa, lei signora, lei regina di forza e di grazia. Oh poteva salire gloriosa i due scalini che facevano del suo seggiolone quasi un trono; poteva levare la testa al caldo alito dell'ambizione appagata che le soffiava in volto. Le dame sedevano intorno a lei, facendole corona, minori tutte di lei: ella era sola, maggiore, unica.

In fondo al grande salone era rizzato un teatrino destinato per lo spettacolo. Tutta quella eletta schiera d'invitati dovevano dapprima assistere alla rappresentazione di una commedia ed a quella di una danza moresca; poi nelle sale si sarebbero intrecciate le danze sino all'alba. Ma la grande curiosità della rappresentazione era che gli attori, per una moda venuta allora di Francia, appartenessero alla nobiltà. Donn'Anna Carafa di Medina disprezzava i facili costumi francesi che corrompevano la rigida corte spagnuola, ma scrutatrice dei cuori e apprezzatrice del favore popolare com'era, s'accorgeva che quelle molli usanze piacevano ed erano adottate con trasporto. Solo per questo ella aveva consentito che Donna Mercede de las Torres, sua nipote di Spagna, sostenesse una parte nella rappresentazione. Donna Mercede, giovane, bruna, dai grandi occhi lionati, dai neri capelli, le cui trecce le formavano un elmo sul capo, era una spagnuola vera. Ella rappresentava nella commedia la parte di una schiava innamorata del suo padrone, una schiava che lo segue dappertutto, e lo serve fedelmente sino a fargli da mezzana d'amore, sino a morire per lui d'un colpo di pugnale destinato al cavaliere da un padre crudele. Ella recitava con un trasporto, con un tale impeto che tutta la sala si commuoveva allo sventurato e non corrisposto amore della schiava Mirza: tutti si commuovevano, salvo Gaetano di Casapesenna che faceva la parte del cavaliere. Ma così dal poeta era stata ispirata ogni parola del cavaliere, ed egli, freddo, indifferente, inconscio, non faceva che rimaner fedele al carattere che rappresentava. Solo, alla fine della commedia, quando la sventurata Mirza ferita a morte, s'accomiata con parole d'affetto da colui che fu la sua vita e la sua morte, allora, egli, cui appare finalmente la verità qual luce diffusa meridiana, preso dall'amore, s'abbandona in ginocchio dinanzi al corpo della poveretta morente e copre di baci quel volto pallido d'agonia. Invero, egli fu così focoso in tale slancio, così patetica ed improntata di dolore la sua voce, così disordinato ogni suo gesto, che veramente parve superiore ad ogni vero attore, e parve che la verità animasse il suo spirito, sino al punto che la sala intera scoppiò in applausi.

Sola, sul suo trono, tra le sue gemme, sotto la sua corona ducale, Donn'Anna impallidiva mortalmente e si mordeva le labbra. Non era lei la più amata.

Le due donne s'incontravano nelle sale del palazzo Medina; si guardavano, Donna Mercede fremente di gelosia, l'occhio nero covante fuoco, smorta, rodendo un freno che la sua libera anima aborriva; Donna Anna, pallida di odio, muta nella sua collera; si guardavano, impassibile e fredda Donn'Anna, agitata e febbrile Donna Mercede. Scambiavano rade ed altere parole. Ma se la gelosia scoppiava irresistibile, l'ingiuria correva sul loro labbro:

– Le donne di Spagna sono esse le prime ad abbandonarsi all'amante – diceva Donn'Anna, con la sua voce dura e grave.

– Le donne di Napoli si gloriano del numero degli amanti – rispondeva vivamente Donna Mercede.

– Voi siete l'amante di Gaetano Casapesenna, Donna Mercede.

– Voi lo foste, Donn'Anna.

– Voi obliaste ogni ritegno, ogni pudore, dandoci vostro amore a spettacolo, Donna Mercede.

– Voi tradiste il duca di Medina Cœli, mio nobile zio, Donn'Anna Carafa.

– Voi amate ancora Gaetano Casapesenna.

– Voi anche lo amate ed egli non vi ama, Donn'Anna.

Vinceva la bollente spagnuola e Donna Anna si consumava dalla rabbia. Ma egualmente l'odio glaciale della duchessa contro cui s'infrangeva ogni slancio di Donna Mercede, tormentava la spagnuola. Esse avevano nel cuore un orribile segreto; esse portavano nelle viscere il feroce serpente della gelosia, esse morivano ogni giorno di amore e di odio. Donn'Anna celava il suo spasimo, ma Donna Mercede lo rivelava nelle convulsioni del suo spirito e del suo corpo. La duchessa agonizzava sorridendo; Donna Mercede agonizzava, piangendo e strappandosi i neri capelli. Fino a che ella scomparve d'un tratto dal palazzo Medina Cœli e fu detto che presa da improvvisa vocazione religiosa, avesse desiderato la pace del convento e fu narrato del misticismo ond'era stata presa quell'anima, e delle lunghe giornate passate in ginocchio dinanzi al Sacramento, e del fervore della preghiera e delle lagrime ardenti: ma non fu detto né il convento, né il paese, né il regno dove era il convento. Invano Gaetano di Casapesenna cercò Donna Mercede in Italia, in Francia, in Ispagna ed in Ungheria, invano si votò alla Madonna di Loreto, a San Giacomo di Campostella, invano pianse, pregò, supplicò. Mai più rivide la sua bella amante. Egli morì giovane, in battaglia, quale a cavaliere sventurato si conviene.

Altre feste seguirono nel palazzo Medina, altri omaggi salutarono la ricca e potente duchessa Donn'Anna; ma ella sedeva sul suo trono, con l'anima amareggiata di fiele, col cuore arido e solitario.

Quei fantasmi sono quelli degli amanti? O divini, divini fantasmi! Perché non possiamo anche noi, come voi, spasimare d'amore anche dopo la morte?

BARCHETTA-FANTASMA

Li conosci tu? Li conosci tu questi giorni fangosi e sporchi, quando la Noia immortale prende il colore bigio, l'odore nauseante, la pesantezza opprimente della nebbia invernale, quando il cielo è stupidamente anemico, il sole è una lanterna semispenta e fumicante, i fiori impallidiscono ed appassiscono, le frutta imputridiscono, le guance delle donne sembrano di cenere, la mano degli uomini pare di sughero, la città patisce di acquavite e la campagna di siero? È in questi giorni che la fantasia del mondo, esaltata nella sua febbre, senza trovare più pascolo, senza avere più refrigerio, si nutre orribilmente di se stessa, arroventandosi o disseccandosi. In questi giorni la poesia, la delicata ed esile fanciulla, irrimediabilmente ammalata, s'illanguidisce, declina il capo e muore senza un gemito, senza un respiro – e l'arte, la robusta fanciulla, colpita mortalmente, agonizza, torcendosi le braccia, effondendo in lugubri lamenti la sua disperazione. Invano l'artista cerca immergersi nel suo sogno prediletto: il sogno è scomparso. Invano egli tenta tutte le corde della bionda lira: sotto la sua mano tremante le corde si spezzano, con un suono che si prolunga nell'aria come un triste presagio. O giorni, o giorni scombuiati, feroci e maledetti.

Ma perché in questi giorni non amiamo noi, sino a morirne? Perché non chiudiamo gli occhi, lasciandoci rotolare in un abisso senza fondo dove è cosi dolcemente doloroso finire la vita? Perché non parliamo noi di amore sino a che la voce si esaurisca nella gola riarsa e la parola diventi un mormorio indistinto? Vieni dunque ad ascoltarmi. Narrerò a te d'amore.

A te, fantasma fuggevole ed inafferrabile, essere divinamente malvagio, umanamente buono, infinitamente caro, bello come una realtà, orribile come una illusione, sempre lontano, sempre presente, che vivi nelle regioni sconosciute, che sei in me: chimera, persona, nebulosa, nome, idea odiosa ed adorabile da cui parte ed a cui ritorna ogni minuto la mia vita!

L'hai tu mai vista la barchetta-fantasma? L'hai tu vista, amor mio?

..... Odimi. Io non so quando avvenne la storia d'amore che ti narro; l'anno, il giorno e l'ora, non li conosco. Ma che importa? Oggi, ieri, domani, il dramma dell'amore è multiforme ed unico. Batta il cuore sino a spezzarsi sotto una toga di lana, una corazza di acciaio o un abito di velluto, il suo palpito precipitoso non rovinerà meno o diversamente una esistenza; siano le braccia dell'amata cinte di bende sacre, nude, sotto le fasce dei braccialetti, chiuse nelle stoffe seriche, o seminascoste nei merletti, esse non abbracceranno con minore o diversa passione. Che importa una cifra? Tecla era bella. Il suo volto era di quel candore caldo e vivo che diventa cereo sotto i baci; nei grandi e voluttuosi occhi di leonessa si accendevano strane scintille d'oro; le labbra arcuate erano fatte per quel sorriso lungo, profondo e cosciente che poche donne conoscono; le trecce folte, brune, s'incupivano in un nero azzurro. Si chiamava Tecla, un nome duro e dolce, che nel fantasioso vocabolario dei nomi significa cuore colpevole. Hanno la loro fatalità anche i nomi. Fanciulla, Tecla aveva ignorato l'amore, orgogliosa ed indifferente; sposa a Bruno, Tecla aveva ignorato l'amore, moglie superba e glaciale. Eppure aveva veduto struggersi, consumarsi d'amore il forte cuore di Bruno, un ruvido ed aspro cuore che non aveva mai amato, ma quel soffio ardente di passione non l'aveva riscaldata, quella voce ansiosa ed appassionata non l'aveva commossa, l'amore di Bruno era rimasto inutile, inutile. Bruno se lo sapeva, Tecla glielo aveva detto. Ella non mentiva mai. Era sposa a lui, senza odio, ma senza trasporto. Bruno non si rassegnava, no. Tecla era il cruccio insoffribile della sua vita, il chiodo irrugginito, ficcato nel cervello, il tronco di spada spezzato ed incastrato nel cuore. La ruga della sua fronte, la crudeltà del suo sguardo, il sogghigno del suo labbro, l'amarezza della sua bocca, il fiele del suo spirito era Tecla. Avrebbe dovuto morire, ma quando s'ama non se ne ha il coraggio. Avrebbe potuto uccidere Tecla, ma non vi pensava. Non si uccide una donna virtuosa: Tecla era virtuosa, di una virtù alta e fiera.

Ma come ogni altezza ne trova un'altra che la superi e la vinca, fino a che non si arrivi all'invincibile ed all'incommensurabile, così dinanzi alla virtù di Tecla giganteggiò, immenso, l'amore. Fu una grande sconfitta; fu un gran trionfo. D'un tratto la fierezza si annegò nella umiltà, l'orgoglio fu ingoiato, trovolto. Era singolarmente bello Aldo, un fascino irresistibile vibrava nella sua voce armoniosa, le sue parole struggevano come fuoco liquido, il suo sguardo dominava, vinceva, metteva nell'anima uno, sgomento pieno di tenerezza; ma se tutto questo non fosse stato, per Tecla egli era sempre, unico, l'amore. Fu una notte in una sala fulgida di lumi che si videro. Nulla seppero dirsi. Pure fra quei due esseri che si separarono senza un saluto, senza un sorriso, un legame indissolubile era sorto. Camminavano uno verso l'altro, dovendo inevitabilmente incontrarsi.

– Che fai tu alla finestra, Tecla? È un'ora che guardi nel buio, quasi vi scorgessi qualche cosa.

– Guardo il mare, Bruno, rispondeva lei con la infinita mestizia di chi comincia ad amare.

– La brezza della sera ti fa male, Tecla. Tu sei pallida come un cadavere.

– Lasciami qui, te ne prego.

– Tu sei triste, Tecla. A che pensi?

– Io non penso, Bruno.

– Dimmi, chi ti rattrista?

– Nessuno può rattristarmi.

– Tecla, la tua mano è gelata e le tue labbra sono, ardenti; tu soffri, tu tremi, tu vacilli...

– Muoio...

Ma in una notte cupa e profonda, dopo venti notti che l'insonnia tormentosa si assideva al suo capezzale bagnato di lagrime, Tecla sentì scuotersi tutta, come se un appello possente la chiamasse.

– Eccomi – mormorò.

E muta, rigida, con l'incesso uniforme e continuo di un automa, col lungo abito bianco che le si trascinava dietro come un sudario, col passo ritmico che appena sfiorava il suolo, coi lunghi capelli disciolti sugli omeri, con gli occhi spalancati nell'oscurità, ella attraversò la casa ed uscì sul terrazzo che dava sul mare. Aldo era là.

Ella andò a lui. Stettero a guardarsi, nell'ombra. Non un detto, non un sospiro. L'amore condensato, potente, sdegnoso di espansione, li soffocava.

O indimenticabili notti create per l'amore! O eternamente bello golfo di Napoli, dall'amore e per l'amore creato! Nelle notti di primavera, quando il fermento della terra conturba i sensi e tenta l'anima, quando nell'aria vi è troppo profumo di fiori, si può discendere al mare, entrare nella barca, fuggire la costiera, e sdraiati sui cuscini contemplare l'azzurro cupo del cielo, l'ondeggiamento voluttuoso del flutto, il palpito vivo delle stelle che pare si vogliano staccare per precipitare nell'immenso aere. Nelle torbide notti estive che seguono le giornate violente e tormentose, quando la terra si riposa, sfiaccolata, da una passione di quattordici ore col sole, felice colui che può farsi cullare in una barca, come in un'amaca, mentre il forte profumo marino gli fa sognare il tropico, la sua splendida e mostruosa vegetazione, e le svelte fanciulle brune che discendono sotto gli archi dei tamarindi.

Nelle meste e bianche notti autunnali, quando la luna malaticcia si unisce alla candida malinconia del cielo, al languido pallore delle stelle, alla nebulosità ideale delle colline, quando tutto il mondo diventa fioccoso di spuma, vi è chi presceglie il mare per confidente e va a narrargli il disfacimento della sua vita che inclina a perdersi nel nulla, mentre la morbida curva di Posillipo pare che si abbassi anche essa desiderosa di scomparire nel mare. Nelle notti tempestose d'inverno, quando il temporale della città ha tutta la grettezza e la miseria delle stradicciuole strette e delle grondaie piagnolose, quando l'anima sente il bisogno imperioso di una mano che l'afferri, che delizioso ed infinito terrore, che impressione incancellabile trovarsi in alto mare, in un ambiente nero, dove il pericolo è tanto più grande in quanto è indistinto. Ma più felice di tutti colui che godette queste notti carezzando i capelli morbidi di una donna adorata, che stringendola al cuore, potette sognare di rapirla nel paese sconosciuto desiderato dagli amanti, che potette sperare di morire con lei, sotto il cielo che s'incurva, nel mare che li vuole. Più di tutti colpevolmente felici e colpevolmente invidiati Aldo e Tecla.

— Aldo, il mare è troppo nero.

— Io t'amo, Tecla.

— Io t'amo, Aldo. Sostienimi col tuo valido braccio, amore. Perché quel barcaiuolo tace?

— Il suo lavoro è duro, forse. Gli daremo del denaro – ..... mi amerai sempre, sempre, Tecla?

— Sempre. Aldo, quella fiaccola gitta una luce sanguigna sui nostri volti e sul mare. Pare che illumini due cadaveri ed una tomba, amore.

— Che temi tu dalla morte?

— Dividermi da te.

— Giammai. Dio deve castigarci egualmente.

Un silenzio si prolungò. Si guardavano, mentre alla loro passione si univa la nota dolce di una tenerezza grave come un presentimento. La barca volava sull'acqua; il barcaiuolo vogava con grande forza, senza volgere il capo a guardare gli amanti.

— Non ti sembra, Aldo, che siamo lontani assai dalla sponda?

— Tanto meglio, dolcezza mia.

— Perché quel barcaiuolo non parla?

— C'invidia forse, Tecla. È giovane, amerà senza speranza.

— Interrogalo, Aldo. Domandagli perché nasconde il suo volto.

D'un tratto il barcaiuolo si volse. Era Bruno. Era la figura dell'odio. Aldo e Tecla si baciarono. E la barca si capovolse sul bacio degli amanti, sul grido di furore di Bruno. Tre volte vennero a galla gli amanti, abbracciati, stretti con una celestiale beatitudine nel viso, tre volte venne a galla una faccia contratta dalla collera.

..... Odimi, amore. In una certa ora della notte, sulla bella riva di Posillipo, su quella gaia di Mergellina, su quella cupa del Chiatamone, su quella fragorosa di Santa Lucia, su quella sporca del Molo, su quella tempestosa del Carmine, la barchetta fantasma appare, corre veloce sull'acqua, gli amanti si baciano lentamente, la figura dello sposo si erge sdegnata, la barchetta si capovolge. Ancora tre volte si rivede quell'eterno bacio, quell'eterno odio. Ogni notte la barchetta-fantasma appare. Ma non tutti la vedono. Dio permette che solamente chi ama bene, chi ama intensamente possa vederla. Apparisce solamente per gli innamorati, i quali impallidiscono a quell'aspetto. È la pruova infallibile e singolare.

L'hai tu vista? L'hai tu vista, la barchetta-fantasma? O sciagurata me, se fui sola a vederla!

IL SEGRETO DEL MAGO

Nell'anno 1220 della salutifera Incarnazione regnando in Palermo ed in Napoli il grande e buon re Federico secondo di Svevia, accadde in Napoli un caso bellissimo che non vi sarà discaro ascoltare, trattandosi di piacevole argomento. Simil novella non troverete né in istorici, né in eleganti narratori; io stessa la raccolsi rozza ed informe dalla tradizione popolare e voglio, narrandola a voi, consacrarla in questa scrittura, affinché ne possano avere disadorna ma chiara notizia i più tardi nepoti, per cui lavora e s'affatica ogni scrittore disdegnoso del facile plauso contemporaneo. Ma senza più intrattenervi in preliminari, avendo spiegata chiaramente la mia intenzione, ecco il caso.

Nello stretto vico dei Cortellari. che come ognuno sa, apparteneva al seggio di Portanova, v'era una casuccia magra ed alta, dalle piccole finestre, aventi i vetri sporchi ed impiombati. La porta d'entrata era bassa e oscura; sporca e ripida la scala; di rado si aprivano le finestruole. La gente vi passava dinanzi frettolosa, dando uno sguardo fra il collerico ed il pauroso, e borbottando fra i denti non so se una preghiera o una maledizione. In verità, nella casuccia abitava gente malfamata; al primo piano v'era un maledetto giudeo, degno discendente di coloro che crocifissero nostro signore Gesù Cristo, un giudeo ladro che dava il denaro ad usura e tosava le monete d'oro; al secondo una giovane bella, di quelle che sono la tentazione e la dannazione dell'uomo; al terzo un marito ed una moglie, brutti ceffi che il giorno eran fuori di casa a qualche ignoto ed equivoco mestiere e quando rincasavano, a notte piena, si battevano come la lana. Quello che formava lo sgomento dei viandanti non era specialmente l'ebreo cane, lo sguardo provocante della donna, o gli strilli della moglie bastonata dal marito, ma era tutto questo insieme e principalmente il pensiero che all'ultimo piano della casa indiavolata abitava Cicho il mago. Le anime timorate di Dio si facevano il segno della croce che è anche quello della nostra salvazione e passavano oltre; gli spiriti mondani facevano le corna con la mano, si tastavano il ginocchio, pronunziavano qualche scongiuro e simili cose operavano che volgarmente si credono atte a disperdere il malocchio. Sebbene Cicho uscisse molto raramente e raramente spalancasse le imposte della sua finestruola, il popolo sapendo della sua magia, del suo potere sovrumano, n'avea timore grandissimo.

Senza dubbio i misteriosi andamenti di Cicho davan fede di verità a quanto di lui si dicea. Chi fosse non si sapea, né donde venisse; sempre chiuso in casa; in apparenza privo di amici e di parenti: curvo nell'incedere, lento il passo, l'occhio fisso a terra mormorando parole greche, latine o di qualche lingua demoniaca; parco nel conversare, ma non aspro nei modi, anzi sorridente nella fluente barba bianca; scuri ma netti i vestimenti. Invano, quando venne ad abitare nel vico Cortellari, le femminette d'intorno s'informavano di lui, chiesero, osarono interrogarlo, fermarono il suo servo e adoperarono i mille mezzi che mai sempre consiglia alla donna, la gran maestra e signora, la curiosità. Nulla potettero sapere e Cicho, la sua origine, la sua famiglia, la sua vita rimasero nelle tenebre dello sconosciuto. Ma in seguito, spiando, osservando, escogitando, si seppe che Cicho intendeva a opere magiche; durante la notte, mai si spegneva la lampada della stanzuccia dove egli studiava su grossi volumi di manoscritti a fermaglio, tolti da una polverosa scansia, mai cessava d'uscire, dalla cappa nera del suo focolare, un filo di fumo e la sua stanza era piena di storte, di lambicchi, di fornelli, di singolari coltelli in tutte le forme e di altri istrumenti in ferro destinati ad usi paurosi.

Si dicea che spesso Cicho passava ore intere curvato sopra un pentolino che bolliva, bolliva e dove sicuramente danzavano le maledette erbe infernali che cagionano malsania, follìa e morte, sebbene il servo non comperasse in piazza che le erbe di cucina, come maggiorana, pomidoro, basilico, prezzemolo, cipolle, agli ed altro. Ma si sa che gli stregoni vanno sui prati, nella notte del sabato, incantano la luna, chiamano il diavolo e colgono le erbacce malefiche. Si diceva altresì che Cicho venisse fuori sul suo piccolo terrazzino, scuotendo dalle mani e dall'abito una polvere bianca che certo doveva avvelenare l'aria; che spesso andasse a lavarsi le mani macchiate di rosso in un tinello di cui l'acqua si corrompeva. Quelle mani macchiate di rosso davano autorità a orribili sospetti; tanto più che si soggiungeva esservi spesso, nel laboratorio di Cicho, sul pavimento, larghe macchie di rossobruno, simili a pozze di sangue e che quello sciagurato stregone di Cicho si occupasse, nella notte, a tagliare coi sottili coltelli, sopra una grande tavola di marmo bianco, non so che di delicato. Membra di bambini, o gambe di rana, o pelli di serpentelli – ripeteva la gente. E quando camminava nella via, le comari ammiccavano e si davano delle gomitate nei fianchi, dicendo:

– Cicho il mago, Cicho il mago!

– Cerca il modo di ridiventare giovane, il secchione!

– Vuol trovar l'oro, forse.

– O quella pietra per cui s'ha virtù, saggezza e lunga vita.

– Che!! Chiama il diavolo per diventare Gran Turco.

Cicho ascoltava e tirava via sorridendo. In fondo le comari, avendone paura, non osavano maledirlo che sottovoce; a ammonivano i bimbi ad usargli rispetto. lo stregone, malgrado le voci temerarie, aveva rispetto di galantuomo e quella tale aria di soddisfatto raccoglimento di chi medita una bella e feconda idea. Parea dicesse: verrà, verrà il giorno mio, o gente ingrata.

A chiarirvi un poco il mistero ed a denudare la sua vita di quella parte sovrumana che Dio non permette più sulla terra, poiché Dio fa miracoli solamente per l'anima e non più per il corpo, vi dirò quanto segue. Cicho era stato a suo tempo ricco e gagliardo e bel giovanotto: aveva saputo goder bene della salute, della gioventù e della ricchezza; amante, era stato amato; aveva avuto palazzi, corridori di nobil sangue, pietre preziose, vestimenta intessute d'oro; aveva goduto feste, conviti, balli, tormenti, giostre; aveva assaporato col più vivo piacere baci di donne, colpi di spada di cavaliere e vini poderosi. Quando la sua ricchezza cominciò a dileguare, come sempre accade, si allontanarono donne ed amici; ma Cicho che aveva fatta sugli scrittori antichi buona e larga provvista di filosofia , non se ne accorò. Sibbene rimasto solo, con niuna opera da compiere, gli venne vaghezza di rendersi utile agli uomini. E dopo aver escogitato tutti i mezzi, ricordando i suoi godimenti ed i suoi piaceri, entrò nella persuasione dover lui ritrovare qualche cosa che concorresse specialmente alla felicità del suo simile, felicità instabile e passeggera a cui egli voleva dare un qualche solido fondamento. Raffermato in questa intenzione comperò pergamene e volumi, studiò lungamente, tentando e ritentando ogni giorno prove novelle, sbagliando, ricominciando da capo, consumando le sue notti, il suo denaro ed il carbone dei suoi fornelli. Per molto tempo la mala fortuna lo perseguitò e le sue esperienze riuscirono sempre fallaci, ma non per questo venne meno la sua costanza. Ei lavorava per la felicità dell'uomo e cotale altissimo scopo gli era innanzi agli occhi come visione animatrice; alla fine, dopo molti anni di travaglio, si poté dire di aver raggiunto la sua meta, gridando anche lui la parola del greco Archimede, di fronte a tanta scoperta. Poi, come usano gli inventori, s'occupò a vezzeggiare al sua scoperta, a carezzarla , a darle forme variate e seducenti, a perfezionarla, in modo da poter dire agli uomini: Eccola qui; io ve la dono bella e completa.

Ora accade che sul terrazzino di Cicho il mago sporgesse anche una porticina di una stanzuccia dove abitava con suo marito Jovannella di Canzio. Era costei maliziosa, astuta e linguacciuta quanto mai femmina possa essere; e sua dilettosa occupazione era conoscere i fatti del vicinato o per trarne personale vantaggio o per malignarvi su. non è a dire se la malvagia Jovannella spiasse continuamente Cicho il mago; ché anzi s'arrovellava di giorno e non aveva tregua nelle lenzuola alla notte, per la inappagata curiosità; e più non riusciva a saper nulla , più, per dispetto, lacerava la riputazione delle vicine e tormentava il marito Giacomo, guattero di cucina al real palazzo. Ma non senza saviezza corrono dettami popolari esprimenti che la donna ottiene sempre quello che vuole fortemente – e malgrado le precauzioni di segretezza adoperate da Cicho il mago, malgrado le porte chiuse, le finestre sbarrate, la Jovannella seppe il segreto dello stregone. Fosse stato per buco di serratura, per fessura di porta, per foro nel muro, o per altro, io non so. Ma è certo che un giorno la trionfante Jovannella disse al guattero marito:

– Giacomo, se hai ardire di uomo, la fortuna nostra è fatta.

– Sei tu diventata strega? Io mel sapeva.

– Malann'aggia la tua bocca sconsacrata! Ascolta. Vuoi tu dire al cuoco di palazzo che io conosco una vivanda di così nuova e tanto squisita fattura da meritare l'assaggio del re?

– Femmina, tu sei pazza?

– Dio mi sradichi questa lingua che ho tanto cara, s'io mento!

E con molte sue persuasioni lo indusse a parlarne col cuoco, che a sia volta ne discusse col maggiordomo, il quale ne tenne parola con un conte, che osò dirne al re.

Piacque al re la novella e dette ordine che la moglie del sguattero si recasse nelle reali cucine e componesse la prelibata vivanda: infatti la Jovannella accorse prontamente e in tre ore ebbe tutto fatto. Ecco come: prese prima fior di farina, lo impastò con poca acqua, sale e uova, maneggiando la pasta lungamente per raffinarla e per ridurla sottile sottile come una tela; poi la tagliò con un suo coltellaccio in piccole strisce, queste arrotolò a forma di piccoli cannelli e fattane un a grande quantità, essendo morbidi ed umidicci, li mise a rasciugare al sole. Poi mise in tegame strutto di porco, cipolla tagliuzzata finissima e sale; quando la cipolla fu soffritta vi mise un grosso pezzo di carne; quando questa si fu crogiolata bene ed ebbe acquistato un colore bruno-dorato, ella vi versò dentro il succo denso e rosso dei pomidoro che aveva spremuti in uno straccio; coprì il tegame e lasciò cuocere, a fuoco lento, carne e salsa.

Quando l'ora del pranzo fu venuta, ella tenne preparata una caldaia di acqua bollente dove rovesciò i cannelli di pasta: intanto che cuocevano, ella grattugiò una grande quantità di quel dolce formaggio che ha nome da Parma e si fabbrica a lodi. Cotta a punto la pasta, la separò dall'acqua ed in bacile di maiolica la condì mano mano con una cucchiaiata di formaggio ed un cucchiaio di salsa. Così fu la vivanda famosa che andò innanzi al grande Federigo, il quale ne rimase meravigliato e compiaciuto; e chiamata a sé la Jovannella di Canzio, le chiese come avesse potuto immaginare un connubio così armonioso e stupendo. La rea femmina disse che ne aveva avuto rivelazione in sogno, da un angelo: il gran re volle che il suo cuoco apprendesse la ricetta e donò alla Jovannella cento monete d'oro dicendo che era molto da ricompensarsi colei che per una così grande parte aveva concorso alla felicità dell'uomo. Ma non fu questa solamente la fortuna di Jovannella, poiché ogni conte ed ogni dignitario volle avere la ricetta e mandò il proprio cuoco ad imparare da lei, dandole grosso premio; e dopo i dignitarii vennero i ricchi borghesi e poi i mercati e poi i lavoratori di giornata e poi i poveri dando ognuno alla donna quel che poteva. Nel corso di sei mesi tutta Napoli si cibava dei deliziosi maccheroni – da *macarus*, cibo divino – e la Jovannella era ricca.

Intanto Cicho il mago, solo nella sua cameruccia, modificava e variava la sua scoperta. Pregustava il momento in cui, fatto noto agli uomini il segreto, gliene sarebbe venuta gratitudine, ammirazione e fortuna. Infine, non vale più la scoperta di una nuova pietanza che quella di un teorema filosofico? che quella di una cometa? che quella di u nuovo insetto? Bene, dunque: e lodato senza fine sia l'uomo che la fa. Ma un giorno che il termine era vicino, Cicho il mago uscì a respirare per la via del Molo: arrivato presso la porta del Caputo, un noto odore gli ferì le nari. Egli tremò e volle rincorarsi, pensando che era inganno. Ma roso dall'ansietà, entrò nella casa donde l'odore era venuto e domandò ad una donna che badava ad un tegame:

– Che cucini tu?

– Maccheroni, vecchio.

– Chi te lo insegnò, donna?

– Jovannella di Canzio.

– Ed a lei?

– Un angiolo, dicono. Ella ne cucinò al re; ne vollero i principi, i conti, tutta Napoli. In qualunque casa entrerai, o vecchio pallido e morente, troverai che vi si cucinano maccheroni. Hai fame? Vuoi tu cibartene?

– No. Addio.

Entrato in varie case, trascinandosi a stento, Cicho il mago ebbe certezza dell'accaduto e del tradimento di Jovannella; il custode del palazzo reale gli ripeté la storiella. Allora, disperato d'ogni cosa, tornatosene alla sua casetta, rovesciò lambicchi, storte, tegami, forme e coltelli; ruppe, fracassò tutto; abbruciò i libri di chimica. E partissene solo ed ignorato, senza che mai più fosse veduto ritornare.

Come è naturale, la gente disse che il diavolo aveva portato via il mago. Ma venuta a morte la Jovannella dopo una vita felice, ricca ed onorata, come la godono per lo più i malvagi, malgrado le massime morali in contrario, nella disperazione della sua agonia, confessò il suo peccato e morì urlando come una dannata. Neppur tarda giustizia fu resa a Cicho il mago: solamente la leggenda soggiunge che nella casa dei Cortellari, dentro la stanzuccia del mago, alla notte del sabato, Cicho il mago ritorna a tagliare i suoi maccheroni, Jovannella di Canzio gira la mestola nella salsa del pomodoro ed il diavolo con una mano gratta il formaggio e con l'altra soffia sotto la caldaia. Ma diabolica o angelica che sia la scoperta di Cicho, essa ha formato la felicità dei napoletani e nulla indica che non continui a farla nei secoli dei secoli.

DONNALBINA, DONNA ROMITA,
DONNA REGINA

La leggenda di Donnalbina, Donna Romita, Donna Regina, corre ancora per la lurida via di Mezzocannone, per le primitive rampe del Salvatore, per quella pacifica parte di Napoli vecchia che costeggia la Sapienza. Corre la leggenda per quelle vie, cade nel rigagnolo, si rialza, si eleva sino al cielo, discende, si attarda nelle umide ed oscure navate delle chiese, mormora nei tristi giardini dei conventi, si disperde, si ritrova, si rinnovella – ed è sempre giovane, sempre fresca. Se voi volete, o miei fedeli ed amati lettori, io ve la narro. Se volete per un poco dimenticare le nostre folli passioni, i nostri odi di taciturni, i nostri volti pallidi, le nostre anime sconvolte, io vi parlerò di altre passioni diversamente folli, di altri odii, di altri pallori, di altre anime. Se volete io vi narrerò la leggenda delle tre sorelle: Donnalbina, Donna Romita, Donna Regina.

Erano le tre figlie del barone Toraldo, nobile del sedile di Nilo. La madre, Donna Gaetana Scauro, di nobilissimo parentado, era morta molto giovane: il barone si crucciava che il suo nome dovesse estinguersi con esso: pure, non riprese moglie. Ottenne come special favore dal re Roberto d'Angiò che la sua figliuola maggiore, Donna Regina, potesse, passando a nozze, conservare il suo nome di famiglia e trasmetterlo ai suoi figliuoli. E nel 1320 si morì, racconsolato nella fede del Cristo Signore. Donna Regina aveva allora diciannove anni, Donnalbina diciassette, Donna Romita quindici.

La maggiore, dal superbo nome, era anche una superba bellezza: bruni e lunghi i capelli nella reticella di fil d'argento, stretta e chiusa la fronte, gravemente pensosi i grandi occhi neri, severo il profilo, smorto il volto, roseo-vivo il labbro, ma parco di sorrisi, parchissimo di detti; tutta la persona scultorea, altera, quasi rigida nell'incesso, composta nel riposo. E lo spirito di Regina, per quanto ne poteva ricavare l'indiscreto indagatore, rassomigliava al corpo. Era in quell'anima un'austerità precoce, un sentimento assoluto del dovere, un'alta idea del suo còmpito, una venerazione cieca del nome, delle tradizioni, dei diritti, dei privilegi. Era lei il capo della famiglia, l'erede, il conservatore del nobil sangue, dell'onore, della gloria; era nel suo fragile cuore di donna che dovevano trovare aiuto e sostegno queste cose – ed ella nel silenzio, nella solitudine, si adoperava ad invigorire il suo cuore: a farvi nascere la costanza e la fermezza, a cancellarvi ogni traccia di debolezza. A volte nel suo spirito, sempre freddo, sempre teso, passava un soffio caldo e molle – e le sorgevano in cuore vaghi desiderii di amore, di profumi, di colori abbaglianti, di sorrisi; ma ella cercava vincersi, s'inginocchiava a pregare, leggeva nel vecchio libro dove erano scritte le storie di famiglia e ridiventava l'inflessibile giovinetta, Donna Regina, baronessa di Toraldo.

Donnalbina, la seconda sorella, veniva chiamata cosi dalla bianchezza eccezionale del volto. Era una fanciulla amabile, sorridente nel biondo-cinereo della chioma, nel fulgore dello sguardo intensamente azzurro, nei morbidi lineamenti, nella svelta e gentile persona. I tratti duri, fieri, di Donna Regina diventavano femminilmente graziosi in Donnalbina. E veramente ella era la dolcezza di casa Toraldo. Era lei che presenziava i lunghi lavori delle sue donne sul broccato d'oro, alle trine di lucido filo d'argento, agli arazzi istoriati, andando da un telaio all'altro, curvandosi sul ricamo, consigliando, dirigendo; era lei, che, in ogni sabato, attendeva alla distribuzione delle elemosine ai poveri, curando che niuno fosse trattato con, durezza, che niuno fosse dimenticato, ritta in piedi sul primo scalino della porta, vivente immagine della misericordia terrestre. Era lei che portava alla sorella Regina le supliche dei servi infermi, dei coloni poveri, di chiunque chiedesse una grazia, un soccorso. Nella sua affettuosa e gaia natura, si doleva del silenzio di quella casa, della austera gravità che vi regnava, dei corridoi gelati, delle sale marmoree che niun raggio di sole valeva a riscaldare; si doleva del freddo cuore di Regina che niun affetto faceva sussultare – se ne doleva per Donna Romita.

Perché Donna Romita era una singolare giovinetta, mezzo bambina. Così il suo aspetto: i capelli biondo cupo, corti ed arricciati, il viso bruno, di quel bruno caldo e vivo che pare ancora il riflesso del sole, gli occhi di un bel verde smeraldo, glauco e cangiante come quello del mare, le labbra fini e rosse, la personcina esile e povera di forma, bruschi i moti, irrequieta sempre. Ora appariva indifferente, glaciale, gli occhi smorti, le nari terree, quasi la vita fosse in lei sospesa; ora si agitava, una fiamma le coloriva il volto, le labbra fremevano di baci, di parole, di sorrisi, l'angolo delle palpebre nascondeva una scintilla, scivolata dalla pupilla viva; ora diventava irritata, superba, il viso chiuso, sbiancato da una collera interna. Nei giorni d'inverno, quando la pioggia sferza i vetri, il vento sibila per le fessure delle porte, urta nel camino, del largo focolare, Donna Romita si rannicchiava in un seggiolone come un uccello pauroso ed ammalato; nelle caldissime ore di estate, non lasciava le ombre del giardino, errando pei viali. A volte rimaneva lunghe ore pensosa. Pensava forse di sua madre, cui le avevano detto rassomigliasse.

Pure, le tre sorelle menavano placida vita. Erano regolate le ore dell'abbigliamento, della preghiera, del lavoro, dell'asciolvere e della cena; erano stabilite equamente le occupazioni di ogni settimana, di ogni mese. Dappertutto Donna Regina andava innanzi e le sorelle la seguivano; ella aveva il seggiolone con la corona baronale, ella aveva le chiavi dei forzieri dove erano rinchiuse le insegne del suo grado ed i gioielli di famiglia; a mensa, ella presiedeva, le due sorelle una a diritta l'altra a sinistra, su' seggi più umili; all'oratorio ella intonava le laudi.

La mattina e la sera le due sorelle minori salutavano la maggiore, inchinandosi e baciandole la mano: ella le baciava in fronte. Di rado le chiamava a consiglio, essendo, in lei il senno superiore alla età ed al sesso: ma se accadeva, le due attendevano pazienti di essere interrogate. Era in tutte tre profondo ed innato il sentimento dello scambievole rispetto: in Donnalbina e in Donna Romita un ossequio affettuoso per Donna Regina. Le sue parole erano una legge indiscutibile, cui non si sarebbero giammai ribellate. In fondo l'amavano, ma senza espansioni. Ed essa era troppo rigida per mostrar loro il suo affetto, se le amava.

Un giorno re Roberto si degnò scrivere di suo pugno a Donna Regina Toraldo che le aveva destinato in isposo Don Filippo Capece, cavaliere della corte napoletana.

Imbruniva. Nel vano di un balcone sedeva Donna Regina, col libro delle ore fra le mani. Ma non leggeva.

– Mi è lecito rimanere accanto a voi, sorella mia? – chiese timidamente Donnalbina.

– Rimanete, sorella – disse brevemente Regina.

Regina era più smorta dell'usato, un po' abbassata la testa, errante lo sguardo. E Donnalbina cercava indovinare il pensiero segreto di quella fronte severa.

– Mi ricercavate di qualche cosa, Donnalbina? – chiese infine Regina, scuotendosi.

– Voleva dirvi che la nostra sorella Donna Romita mi pare ammalata.

– Non me ne addiedi. Mandaste per la medesima Giovanna?

– No, sorella, non mandai.

– E perché?

– Ahimè! sorella, dubito che i farmachi possano guarire Donna Romita.

– E qual malore grave e strano è il suo, che non trovi rimedio?

– Donna Romita soffre, sorella mia. Nella notte è angosciosa la veglia ed agitati i suoi sonni; nel giorno fugge la nostra compagnia, piange in qualche angolo oscuro; passa ore ed ore nell'oratorio inginocchiata, col capo su le mani. Donna Romita si strugge segretamente.

– E sapete voi la causa di tanto struggimento, Donnalbina? – chiese con voce aspra Donna Regina.

– Io credo saperla – rispose, facendosi coraggio, la sorella minore.

– Ditela, dunque.

– Ma la vedete voi?

– Ve la chieggo. Tardaste troppo.

– Donna Romita si strugge d'amore, o mia sorella.

– D'amore, diceste? – gridò Regina balzando sul seggiolone.

– D'amore.

– E che? Debbo io udire da voi queste parole? Chi vi parlò prima d'amore? Chi vi ha insegnato la triste scienza? Di chi io debbo crucciarmi, di Donna Romita che me lo cela, o di voi, Donnalbina, che lo indovinate e me lo narrate? Come furon turbati il cuore dell'una, la mente dell'altra? Sono stata io così poco provvida, così incapace da lasciare indifesa la vostra giovinezza.

– L'amore è nella nostra vita – rispose con dolce fermezza Donnalbina.

Regina tacque un momento. Aveva corrugate le sopracciglia, quasi a ristringere ed a condensare il suo pensiero.

– Il nome dell'uomo? – chiese poi duramente.

Donnalbina tremò e non rispose.

– Il nome dell'uomo? – insistette l'altra.

– È un giovane cavaliere, un cavaliere di nobil sangue, bello, dovizioso.

– Il suo nome?

– Donna Romita è stata affascinata dalla eloquente parola, dallo sguardo di fuoco. Amò certo senza saperlo…

– Il suo nome, vi dico. Debbi io pregarvi?

– Oh! no, sorella. Ma voi le perdonerete, voi le perdonerete, non è vero? E cercava prenderle le mani.

– Che cosa debbo perdonarle? Ditemi il nome del cavaliere.

– Pietà per lei. Ella ama don Filippo Capace.

– No!!

– Lo ama, lo ama, sorella. Chi non l'amerebbe? Non è egli valoroso, galante con le donne, seducente nell'aspetto? Quando egli mormora una parola d'amore, il cuore della fanciulla deve struggersi in una dolcissima felicità; quando il suo labbro sfiora la fronte della fanciulla, può ella invidiare le gioie degli angeli? Essere sua! Sogno benedetto, aura invocata, luce abbagliante! Pietà per nostra sorella! Essa lo ama – e cadde ginocchioni, balbettando ancora vaghe parole di preghiera.

– Ma per chi mi chiedi pietà? – gridò Donna Regina, rialzando bruscamente la sorella in un impeto di collera – per chi me la chiedi?

– Per Donna Romita… – rispose l'altra smarrita.

– Chiedila anche per te. Tu, come lei, ami Filippo Capace.

– Io non lo dissi! – esclamò Albina folle di terrore.

– Tu l'hai detto. L'ami. Ed io non posso, non posso perdonare. Io amo Filippo Capace – dice con voce disperata Regina.

Le ombre della notte involgevano la casa Toraldo: una notte senza speranza di alba.

Profondo è il silenzio nell'oratorio. La lampada di argento, sospesa davanti ad una Madonna bruna, brucia il suo olio profumato, diradando il buio con una luce piccola ed incerta. Brilla una sola scintilla nella veste d'argento della Vergine. Se si tende bene l'orecchio, si ode un respiro lieve lieve. Non sul velluto rosso del cuscino, non sulla balaustra di legno lavorato dell'inginocchiatoio, ma sul marmo gelido del pavimento è mezza distesa una forma umana; l'abito bianco e lungo in cui è avvolta ha qualche cosa di funebre. Donna Romita è là da più ore, dimentica di tutto, nell'abbandono di tutto il suo essere, nel profondo assorbimento dell'idea fissa. Ella non sente. il freddo dell'ambiente, non vede l'oscurità, non sa nulla del tempo, non sente lo spasimo delle sue ginocchia, non sente lo spasimo di tutta la sua vita; ella non sente che il suo pensiero tormentoso, onnipresente, onnipotente.

– Madonna santa, toglimi questo amore! Madonna santa, strappami il cuore! Madonna santa, fammi morire, fammi morire, fammi morire! Toglimi questo amore!

E le invocazioni si moltiplicano; essa stende le braccia alla immagine sacra e torna a chiedere la morte. La fronte ardente si curva sino al suolo, le labbra baciano il marmo, tutto il corpo si torce nella disperazione.

Ad un tratto un singhiozzo interrompe il silenzio. Chi piange presso di lei? È forse l'eco del suo dolore? È forse la sua ombra, quest'altra fanciulla vestita di bianco che piange e prega in un angolo! Sì, è l'eco del suo dolore, è la sua ombra che si desola; è Albina. Donna Romita fugge, fugge invasa dal terrore e dalla vergogna, lasciando nell'oratorio un amore ed una sciagura simile alla sua.

In quell'ora medesima, nella vasta camera da letto, sola, seduta presso il tavolo di quercia, veglia Donna Regina. Sta immobile, non prega, non piange, non trasalisce. Tutto il volto pare scolpito nel granito, solo ardono gli occhi di un fuoco consumatore. Passano le ore sul suo capo altero, passano le ore sul suo cuore straziato, ma pel loro passaggio non si cangia il suo strazio.

Allegre le vie della vecchia Napoli nella primavera novella dell'anno, per la gioia degli uomini; lieto lo scampanìo delle chiese. È la Pasqua di Risurrezione. La pace dal cielo scende sulla terra, nei fiori e nella luce primitiva. Il mondo rivive, rinasce la sua gioventù, un istante sopita. Nell'aria si respira amore.

Le due sorelle minori hanno chiesto a Donna Regina un colloquio particolare ed essa lo ha accordato; era tempo che le tre sorelle non si vedevano, l'una fuggendo le altre, mettendo la mestizia e il duolo nella loro casa, lo scompiglio tra i famigliari. Donna Regina è nella grande sala baronale, dove in antico si teneva corte di giustizia; è splendidamente vestita; ha indosso i gioielli magnifici di casa Toraldo, ha daccanto, sovra un cuscino, la corona ingemmata di zaffìri, di rubini e di smeraldi, lo scettro baronale; sul volto un'austerità calma, quasi decisa.

Entrano Donnalbina e Donna Romita. Sono vestite di bruno, senza ornamenti. La gaia giovinezza di Donnalbina è svanita, è svanito il suo soave sorriso, è perduta la sua bionda bellezza. Donna Romita china il capo, abbattuta; ancora non ha avuto il tempo di esser giovane e già si sente irresistibilmente attirata dalla morte. Esse s'inchinano a Donna Regina ed ella rende loro il saluto.

– Parlate anche per me, Donnalbina – mormora a bassa voce Donna Romita.

– Veniamo a dirvi, sorella nostra – prende a dire Donnalbina – che dobbiamo dividerci.

Regina non trasalisce, non batte palpebra, aspetta.

– È mia intenzione, è intenzione di Donna Romita, dare una metà della nostra dote ai poveri e l'altra parte dedicarla alla fondazione di un monastero, dove prenderemo il velo.

– Ogni monaca di casa Toraldo ha diritto di diventare badessa nel monastero che ha fondato – rispose Regina con tono severo.

– Sia pure. Attendiamo le vostre risoluzioni, sorella.

Ella non rispose. Pensava, raccolta in se stessa.

– Siateci generosa del vostro consenso, Donna Regina. Troppo vi offendiamo, è vero...

– Desistete – fece quella con un moto di fastidio.

– Non desistiamo, no – riprese Donnalbina, affannandosi. – Dio e voi offendemmo. Grave il peccato, grave l'espiazione. Ecco, ancora non giunsero per noi i venti anni e noi abbandoniamo questo mondo così bello, così ridente; noi lasciamo la nostra casa, le nostre dolci amiche, e care abitudini; lasciamo voi, sorella amata, per quanto offesa. Il chiostro ne aspetta. a voi l'onore di conservare il nostro nome, a voi le liete nozze, l'amore dello sposo, il bacio dei figliuoli...

– Voi v'ingannate, o sorella – rispose Donna Regina lentamente. – È da tempo che ho deciso prendere il velo in un convento da me fondato.

Un silenzio tristissimo segue le infauste parole.

– Io non posso sposare Filippo Capace – riprese ella, mentre una vampa di sdegno le correva al viso. – Egli mi odia.

– Ahimé! io gli sono indifferente – mormorò Donnalbina.

– Io anelo al chiostro. Egli mi ama – pronunziò con voce rotta Donna Romita.

E le due sorelle baciarono Donna Regina sulla guancia e ne furono baciate.

– Addio, sorella mia.

– Addio, sorella mia.

– Addio, sorelle.

Donna Regina si alzò, prese lo scettro d'ebano torchiato d'oro, e lo franse in due pezzi. E rivolgendosi al ritratto dell'ultimo barone Toraldo, gli disse inchinandolo:

– Salute, padre mio. La vostra nobile casa è morta!

Non hanno parole le brune vòlte dei monasteri, la pallida luce dei cere trasparenti, il profumo eccessivo e pesante dell'incenso, la profonda voce dell'organo, le bige pietre sepolcrali; non han parola le fredde celle, il nudo e duro letto dove è scarso il sonno, il cilicio sanguinoso, le pagine distrutte dalle lagrime, i crocefissi distrutti dai baci; non han parola i volti ingialliti, gli occhi cerchiati di nero, i corpi consunti, ma rianimati sempre da una fiamma rinascente; non han parola le convulsioni spasmodiche, le allucinazioni, le estasi dolorose. Altrimenti storie meravigliose e drammatiche sarebbero narrate al mondo; altrimenti noi sapremmo tutta la vita delle tre sorelle; altrimenti noi sapremmo il giorno che finì la loro tortura.

Ma il giorno, che importa? Sappiamo noi se dopo non si ami ancora? Finisce, forse, l'amore? Noi non possiamo, non possiamo segnare il suo ultimo giorno, né la sua ultima parola.

'O MUNACIELLO

La quale istoria fu così. Nell'anno 1445 dalla fruttifera Incarnazione, regnando Alfonso d'Aragona, una fanciulla a nome Caterina Frezza, figlia di un mercante di panni, si innamorò di un nobile garzone, Stefano Mariconda. E com'è usanza d'amore, il garzone la ricambiò di grandissimo affetto e di rado fu vista coppia d'amanti egualmente innamorata e fedele. E ciò non senza molto loro cordoglio, poiché per la disparità delle nascite che proibiva loro il nodo coniugale, grande guerra ferveva in casa Mariconda contro Stefano – e la Catarinella, in casa sua, era con ogni sorta di tormenti dal padre e dai fratelli torturata. Ma per tanto e continuo dolore, che si può dire mangiassero veleno e bevessero lagrime, avevano ore di gioia inestimabile. A tarda notte, quando nei chiassuoli dei mercanti non compariva viandante veruno, Stefano Mariconda avvolto dal bruno mantello, che mai sempre protesse ladri ed amanti, penetrava in andito nero ed angusto, saliva per una scala fangosa e dirupata, dove era facile il pericolo della rottura del collo, si trovava sopra un tetto e di là scavalcando, terrazzo per terrazzo, con una sveltezza ed una sicurezza che amore rinforzava, arrivava sul terrazzino dove lo aspettava, tremante dalla paura, Catarinella Frezza. Lettor mio, se mai fremesti d'amore, immagina quei momenti e non chiederne descrizione alla debole penna. Ma in una notte profonda, quando più alle anime loro si schiudeva la celestiale beatitudine del paradiso, mani traditrici e borghesi afferrarono Stefano alle spalle, e togliendogli ogni difesa, dalla ferriata lo precipitarono nella via, mentre Catarinella gridando e torcendosi le braccia, s'aggrappava ai panni degli assassini. Il bel corpo di Stefano Mariconda giacque, orribilmente sfracellato, nella fetida via per una notte ed un giorno: fino a che lo raccolse di là la pietà dei parenti, dandogli onorata sepoltura. Ma invero fu quella morte ignobilmente violenta; e perché vi è dubbio sul destino di quell'anima, strappata dalla terra e mandata innanzi all'Eterno carica di peccati, e perché a gentiluomo non conviensi altra morte violenta che di spada.

La Catarinella fuggì di casa, pazza di dolore, e fu piamente ricoverata in un monastero di monachelle. In un giorno, quando ancora il tempo assegnato dalla ragion divina e dalla ragion medica non era scorso, ella dette alla luce un bimbo piccino piccino, pallido e dagli occhi sgomentati. Per pietà di quel piccolo essere, le suore lasciarono la madre a nutrirlo e curarlo. Ma col tempo che passava, non cresceva molto il bambino e la madre, cui rimaneva confitta nella mente la bella ed aitante persona di Stefano Mariconda, se ne crucciava. Le suore la consigliarono di votarsi alla Madonna perché desse una fiorente salute al bambino; ed ella votossi e fece indossare al bimbo un abito nero e bianco da piccolo monaco. Ma ben altro aveva disposto il Signore nella sua infinita saggezza e la Catarinella non s'ebbe la grazia chiesta.

Il figliuoletto suo, crescendo negli anni, non crebbe che pochissimo nel corpo e fu simile a quei graziosi nani di cui si allietano molte corti di sovrani potenti. Sibbene ella continuò a vestirlo da piccolo monaco; onde è che la gente chiamava in suo volgare il bambino; *'o munaciello*. Le monache lo amavano, ma la gente della via, ma i bottegai delle strade Armieri, Lanzieri, Cortellari, Taffettanari, Mercanti, si mostravano a dito il bambino troppo piccolo, dalla testa troppo grande e quasi mostruosa, dal volto terreo in cui gli occhi apparivano anche più grandi, anche più spaventati, dall'abituccio strano: e talvolta lo ingiuriavano, come fa spesso la plebe contro persona debole ed inerme. Quando *'o munaciello* passava innanzi la bottega dei Frezza, zii e cugini uscivano sulla soglia e gli scagliavano le imprecazioni più orribili. Non è dato a me indagare quanto comprendesse *'o munaciello* degli sgarbi e delle disoneste parole che gli venivano dirette, ma è certo che egli riedeva alla madre triste e melanconico. A volte un lampo di collera gli balenava negli occhi e allora la madre lo faceva inginocchiare e gli dettava le sante parole dell'orazione. A poco a poco in quei bassi quartieri dove egli muoveva i passi, si divulgò la voce che *'o munaciello* avesse in sé qualche cosa di magico, di soprannaturale. Ad incontrarlo, la gente si segnava e mormorava parole di scongiuro. Quando *'o munaciello* portava il cappuccetto rosso che la madre gli aveva tagliato in un pezzetto di lana porpora, allora era buon augurio; ma quando il cappuccetto era nero, allora cattivo augurio. Ma come il cappuccetto rosso compariva molto raramente, *'o munaciello* era bestemmiato e maledetto.

Era lui che attirava l'aria mefitica nei quartieri bassi, che vi portava la febbre e la malsania; lui che, guardando nei pozzi, guastava e faceva imputridire l'acqua, lui che toccando i cani li faceva arrabbiare, lui che portava la mala fortuna nei negozi ed il caro del pane, lui che, spirito maligno, suggeriva al re nuovi balzelli. Appena *'o munaciello* scantonava, a capo basso, con l'occhio diffidente e pauroso, correndo o nascondendosi fra la folla, un coro di maledizioni lo colpiva. Il fango della via gli scagliavano a insudiciargli la tonacella; le bucce delle frutte troppo mature lo ferivano nel volto. egli fuggiva, senza parlare, arrotando i denti, tormentato più dall'impotenza della piccola persona che dal villano insulto di quella borghesia. Catarinella Frezza era morta; non lo poteva consolar più. Le monache lo impiegavano ai minuti servizi dell'orto; ma, anche esse, a vederlo d'improvviso, in un corridoio, nella penombra, si sgomentavano come per apparizione diabolica. S'avvalorava il detto della faccia cupa del *munaciello*, dal non averlo mai visto in chiesa, dal trovarlo in tutti i luoghi a poca distanza di tempo. Finché una sera *'o munaciello* scomparve. Non mancò chi disse che il diavolo lo avesse portato via pei capelli, come è solito per ogni anima a lui venduta. Ma per fede onesta di cronista, mi è d'uopo aggiungere che furono molto sospettati, e forse non a torto, i Frezza d'aver malamente strangolato *'o munaciello* e gittatolo in una cloaca lì presso, da certe ossa piccine e da un teschio grande che vi fu trovato. Il discernere le cose vere dalle false, e lo speculare quale sia favola, quale verità, lascio e raccomando specialmente alla prudenza e saggezza del lettore.

Questa qui è la cronaca. Ma nulla è finito – soggiungo io, oscuro commentatore moderno – con la morte del *munaciello*. Anzitutto è ricominciato. La borghesia che vive

nelle strade strette e buie e malinconicamente larghe senza
orizzonte, che ignora l'alba, che ignora il tramonto, che ignora
il mare, che non sa nulla del cielo, nulla della poesia, nulla
dell'arte; questa borghesia che non conosce, che non conosce
se stessa, quadrata, piatta, scialba, grassa, pesante, gonfia di
vanità, gonfia di nullaggine; questa borghesia che non ha, non
può avere, non avrà mai il dono celeste della fantasia, ha il suo
folletto. Non è lo gnomo che danza sull'erba molle dei prati,
non è lo spiritello che canta sulla riva del fiume; è il maligno
folletto delle vecchie case di Napoli, è *'o munaciello*. Non
abita i quartieri aristocratici di Chiaia, di S. Ferdinando, del
Chiatamone, di Toledo; non abita i quartieri nuovi di
Mergellina, Rione Amedeo, Corso Salvator Rosa,
Capodimonte: la parte ariosa, luminosa, linda della città non
gli appartiene. Ma per i vicoli che da Toledo portano giù, per
le tetre vie dei Tribunali e della Sapienza, per la triste strada di
Foria, per i quartieri cupi e bassi di Vicaria, Mercato, Porto e
Pendino il folletto borghese estende l'incontrastato suo regno.

Dove è stato vivo, s'aggira come spirito; dove è
apparso il suo corpo piccino, la testa grossa, la faccia pallida, i
grandi occhi lucenti, la tonacella nera, la *pazienza* di lana
bianca ed il cappuccetto nero, lì ricomparve; nella medesima
parvenza, pel terrore delle donne, dei fanciulli e degli uomini.
Dove lo hanno fatto soffrire, anima sconosciuta e forse grande
in un corpo rattrappito, debole e malaticcio, là egli ritorna,
spirito malizioso e maligno, nel desiderio di una lunga e
insaziabile vendetta. Egli si vendica epicamente, tormentando
coloro che lo hanno tormentato. Chiedete ad un vecchio, ad
una fanciulla, ad una madre, ad un uomo, ad un bambino se
veramente questo *munaciello* esiste e scorazza per le case, e vi
faranno un brutto volto, come lo farebbero a chi offende la
fede. Se volete sentirne delle storie, ne sentirete; se volete
averne dei documenti autentici, ne avrete. Di tutto è capace il
munaciello...

Quando la buona massaia trova la porta della dispensa
spalancata, la vescica dello strutto sfondata, il vaso dell'olio
riverso e il prosciutto addentato dalla gatta, è senza dubbio la
malizia del *munaciello* che ha schiusa quella porta e
scagionato il disastro. Quando alla serva sbadata cade di mano

il vassoio ed i bicchieri vanno in mille pezzi, colui che l'ha fatta incespicare è proprio lui, lo spiritello impertinente; è lui che urta il gomito della fanciulla borghese che lavora all'uncinetto e le fa pungere il dito; è lui che fa traboccare il brodo dalla pentola ed il caffè dalla cogoma; è lui che fa inacidire il vino dalle bottiglie; è lui che dà la iettatura alle galline che ammiseriscono e muoiono; è lui che pianta il prezzemolo, fa ingiallire la maggiorana e rosicchia le radici del basilico. Se la vendita in bottega va male, se il superiore dell'uffizio fa una rimenata, se un matrimonio stabilito si disfà, se uno zio ricco muore lasciando tutto alla parrocchia, se al lotto vien fuori 34, 62, 87 invece di 35, 61,88, è la mano diabolica del folletto che ha preparato queste sventure grandi e piccole.

Quando il bambino grida, piange, non vuole andare a scuola, scalpita, corre, salta sui mobili, rompe i vetri e si graffia le ginocchia, è il *munaciello* che gli mette i diavoli in corpo; quando la fanciulla diventa pallida e rossa senza ragione, s'immalinconisce, sorride guardando le stelle, sospira guardando la luna, e piange nelle tranquille notti di autunno, è il *munaciello* che le guasta così la vita; quando il giovanotto compra cravatte irresistibili, mette il profumo nel fazzoletto, e si fa arricciare i capelli, rincasa a tarda notte, col volto pallido e stanco, gli occhi pieni di visioni, l'aspetto trasognato, è il *munaciello* che turba la sua esistenza; quando la moglie fedele si ferma a guardar troppo il profilo aquilino ed i mustacchi biondi del primo commesso di suo marito e, nelle fredde notti invernali, veglia con gli occhi aperti nel vuoto e le labbra che invano tentano mormorare la salvatrice *Avemmaria*, è il *munaciello* che la tenta, è il diavolo che ha preso la forma del *munaciello*, è il diavoletto che dà la marito il vago desiderio di dare un pizzicotto alla serva MariaFrancesca; è il folletto che fa cadere in convulsioni le zitellone. È il *munaciello* che scombussola la casa, disordina i mobili, turba i cuori, scompiglia le menti, empiendole di paura. È lui, lo spirito tormentato e tormentatore, che porta il tumulto nella sua tonacella nera, la rovina nel suo cappuccetto nero.

Ma la cronaca veridica lo dice, o buon lettore: quando il *munaciello* portava il cappuccetto rosso, al sua venuta era di buon augurio. È per questa sua strana mescolanza di bene e di male, di cattiveria e di bontà, che il *munaciello* è rispettato, temuto ed amato. È per questo che le fanciulle innamorate si mettono sotto la sua protezione perché non venga scoperto il gentile segreto; è per questo che le zitellone lo invocano a mezzanotte, fuori il balcone, per nove giorni, perché mandi loro il marito che si fa tanto aspettare; è per questo che il disperato giuocatore di lotto gli fa scongiuro tre volte, per averne i numeri sicuri; è per questo che i bambini gli parlano, dicendogli di portar loro i dolci e di balocchi che desiderano. La casa dove il *munaciello* è apparso è guardata con diffidenza, ma non senza soddisfazione; la persona che, allucinata, ha visto il folletto, è guardata compassionevolmente, ma non senza invidia. Ma colei che lo ha visto – apparisce per lo più a fanciulle ed a bimbi – tiene per sé il prezioso segreto, forse apportatore di fortuna. Infine il folletto della leggenda rassomiglia al *munaciello* della cronaca napoletana: è, vale adire, un'anima ignota, grande e sofferente in un corpo bizzarramente piccolo, in un abito stranamente piccolo, in un abito stranamente simbolico; un'anima umana, dolente e rabbiosa; un'anima che ha un pianto e fa piangere; che ha sorriso e fa sorridere; un bimbo che gli uomini hanno torturato ed ucciso come un uomo; un folletto che tormenta gli uomini come un bambino capriccioso, e li carezza, e li consola come un bambino ingenuo ed innocente.

IL DIAVOLO DI MERGELLINA

Assisa innanzi allo specchio, ella lasciava che la sua acconciatrice passasse il pettine nella ricchezza dei capelli biondo-fulvi, di un colore acceso e voluttuoso. Si guardava attentamente nello specchio: sul volto di una candidezza abbagliante, che parea fosse fulgido, non compariva traccia di roseo; nei grandi occhi glauchi, cristallini, il lampo dello sguardo era verde e freddo; le labbra carnose, rosse, come il granato, dovevano essere dolci ed amare quanto il frutto che ricordavano; il collo superbo, pieno e rotondo palpitava lentamente. Ella si guardò le mani attraverso la luce, mani candide quanto il viso; si guardò le braccia sode e rasate come un frutto maturo in cui si possa mordere. Si trovava seducente, bellissima; ed un eroico sorriso le sfiorò le labbra. Ella si adorava; idolatrava la propria bellezza e vi abbruciava ogni giorno un copioso incenso che si univa a quello di tutti coloro che l'amavano.

– Una lettera per madonna Isabella – disse un paggio ricciuto, inchinandosi e porgendo il biglietto sopra un vassoio d'argento.

Madonna Isabella scórse la lettera. Messer Diomede Carafa le scriveva ancora d'amore, una lettera piena di fuoco che a volte scoppiava nell'impeto della disperazione, a volte si allentava e s'illanguidiva nelle divagazioni di una mestizia insanabile. Messer Diomede Carafa sapeva amare: la sua anima nobile ed eletta era aperta a tutte le squisite sensibilità dell'affetto, la sua forte anima comprendeva tutti gli slanci di una passione umana e potente; le orgogliose dame spagnole della Corte vicereale avrebbero volentieri abbandonato la loro fierezza castigliana per esser amate da lui e per amarlo; le fanciulle dell'aristocrazia napoletana, brune fanciulle dagli occhi azzurri, lo avrebbero amato se egli avesse voluto amarle. Ma messer Diomede non amava che madonna Isabella che aveva fama di donna crudele e disamorata; difatti ella non

fece che sorridere appena alle frasi amorose che messer
Diomede le scriveva.

Nel grande salone del suo palazzo, madonna Isabella,
vestita di broccato rosso che faceva risaltare il pallore del
volto, con una reticella di perle sulle fulve trecce, sedeva a
conversazione con messer Diomede. Il giovane innamorato
era seduto alquanto discosto dalla sua donna, ma la fissava
con l'occhio intento e cupido, senza mai distogliere lo sguardo
da quella figura; a seconda che la donna parlava, sul viso del
giovane passavano onde di sangue che lo coloravano, o un
terreo pallore vi si diffondeva; come il giovane si lasciava
trasportare dall'amore, la sua voce tremava, ed in essa passava
la nota tenera e grave dell'affetto, la vibrazione profonda della
gelosia, l'ondulazione indefinita della mestizia, la nota
stridula dell'ironia, tutte le variazioni che ha l'amore.

La dama, placida, tranquilla, sorridente, agitando il
leggiero ventaglio di piume, giocherellava amabilmente e
ferocemente col cuore del giovane. Ella, a sua posta, creava in
lui lo sconforto desolato o l'inesauribile speranza, la cupa
gelosia o l'estrema fiducia, la collera senza nome e senza
limiti o la gioia senza confine. Abituata a questi sottili e
malvagi godimenti, ella si compiaceva stringere quel cuore
innamorato in una mano di ferro che lo soffocava a poco a
poco e poi ridonargli la vita, carezzandolo con una mano
leggiera e vellutata; si dilettava far sussultare di dolore
quell'anima, gittandola bruscamente nella disperazione; gioiva
facendola esaltare grado a grado, sempre più, fino a farla
impazzire nella vertigine dell'altissimo pinnacolo. Furono tali
donne, sono e saranno. Il mondo le maledice, le disprezza,
paiono fatte estranee alla soave comunanza femminile, paiono
odiate, esecrate. Ma il mondo le ama, ma l'uomo le ama. Così
è sempre, così sempre sarà. Pace a voi, giovanette gentili,
dalle anime buone che rischiarano come luce di lampada
familiare il corpo delicato; pace a voi, donne il cui destino
unico è l'amore, è il sagrifizio: giammai sarete amate come
quelle donne lo saranno. Virtù, dolcezza, abnegazione,
serenità, calma, felicità sono vani nomi: l'acre e malsano

desiderio dell'uomo corre verso la misteriosa e temuta sirena. Pace a voi; amate, soffrite, morite: giammai sarete amate come quelle donne lo saranno.

Eppure fu un giorno in cui Diomede Carafa credette di arrivare al culmine inaccessibile della sua vita, al momento fatale in cui ogni facoltà, ogni potenza fisica, ogni luce di ragione, ogni festa di fantasia, ogni robustezza di fibra, si riuniscono in una sola, profonda, alta armonia che è l'amore. Fu il giorno in cui madonna Isabella, all'impensata, dopo una lotta d'un anno in cui essa non aveva ceduto di una linea sola, presa da un subitaneo abbandono e dominata da una strana causa, disse d'amarlo. Oh! chi ha amato la conosce questa stagione calda ed esuberante, colorita dal sole, nell'azzurro sconfinato, nell'infiammato meriggio dove tutto arde e si consuma in una grande voluttà, quando i fiori nascono presto, vivono una vita rapida e soverchiante, esalano profumi grevi e violenti e muoiono per aver troppo vissuto; la stagione fremente dove tutto è luce, tutto è fulgore, tutto è febbre che precipita il sangue; la benedetta stagione, la eccelsa stagione dopo la quale tutto è cenere e fango. Chi ha amato sa la stagione d'amore di Diomede Carafa e non aspetta dalla scialba parola del freddo e disanimato cronista una descrizione. Chi ha amato evochi tutti, tutti suoi ricordi di amore, riviva in quel passato pieno di una gioia e di un dolore che non hanno l'eguale, palpiti, s'agiti, abbia la convulsione ed il delirio di quell'amore e saprà di Diomede Carafa. Le storie d'amore non si raccontano, non si descrivono che miseramente: l'arte istessa, la divina arte che tutto scopre, tutto rivela, non può che dare una sola e fuggevole immaginazione del proteiforme amore.

Breve stagione. Se durasse, il cuore morirebbe nella esagerazione di un sentimento che è la follia. A poco a poco, con gradazioni impercettibili, madonna Isabella fu meno felice, meno innamorata; il sorriso fu più scarso sulla bocca, le braccia più fiacche nell'abbraccio, le labbra più gelide nel bacio, il palpito meno frequente nell'arrivo e nel distacco.

Diomede Carafa, cieco, pazzo d'amore, non vedeva, non comprendeva. Madonna Isabella discendeva sempre più verso l'indifferenza che poi era il suo stato abituale e la sua naturale ferocia rinasceva per la tortura di quell'uomo. Ma Diomede Carafa soffriva e s'inebriava di quella sofferenza, piangeva e s'ubriacava di quelle lagrime, era ammalato e si consolava di quel morbo ora gelido, ora infuocato che gli consumava la vita; era tormentato, oppresso, disperato. ma si estasiava di ciò come i martiri cristiani del sangue che usciva dalle loro vene esauste. Isabella si mostrava con lui chiusa, dura, sprezzante e lui l'amava anche così, massimamente così; Isabella si faceva volubile, leggiera, accogliendo in casa i più bei cavalieri napoletani e lui, morendo di gelosia, amava Isabella per la gelosia che aveva di lei. Egli gettava pazzamente i suoi averi, obliava le prerogative della sua nobiltà, non conosceva più amici, non conosceva più parentado, non sapeva più nulla di obblighi o di diritti: Isabella, Isabella, amare Isabella. Fino a che un giorno tutta la verità gli fu palese come parola di Dio e seppe del proprio avvilimento, seppe del tradimento di Isabella con Giovanni Verrusio, amico suo e suo compagno d'infanzia.

Egli nascose a tutti il dramma del suo spirito, sdegnoso di compianto. Il crollo immenso della sua felicità, la rovina tragica e nera dello splendido edificio non ebbero testimonio. Meglio così. Che vale il rimpianto? Che cosa è la parola compassionevole e glaciale? Foglie morte che il vento si porta via, ed il dolore rimane eterno. Invano egli errò, viaggiatore solitario e noncurante, per fiorenti paesi, invano chiese alle ricchezze, al lusso, ad altri amori, a feste stupende, l'oblio; invano egli volle innamorarsi delle vaghe creazioni dell'arte per ritrovare la pace. Dappertutto, in ogni paese, in ogni donna, in ogni fiore, al fondo dei vini generosi, nelle figure dei quadri, nelle figure delle statue, negli ondeggiamenti della musica, egli ritrovava Isabella. Il suo dolore non era più acuto e straziante, ma lento, lungo, stupefacente. egli sentiva la sua anima gonfiarsi di affetto ed i suoi occhi gonfiarsi di lagrime; egli provava il bisogno del sagrificio, del culto, dell'estasi...

     – Dio, Dio – ripetette un giorno la stanca amica sua.

     Diomede Carafa fu vescovo di Ariano, prelato esemplare e amatore dell'arte. Leonardo da Pistoia, pittore, fu suo amico. Per sua ordinazione e per la chiesa di Piedigrotta dove giace il Sannazaro, il Leonardo fece il quadro bellissimo di S. Michele che atterra Lucifero. Lucifero vinto e bello e ancor folgorante, ha il volto di madonna Isabella. Ed è una donna il diavolo di Mergellina.

MEGARIDE

Là, dove il mare del Chiatamone è più tempestoso, spumando contro le nere rocce che sono le inattaccabili fondamenta del Castello dell'Ovo, dove lo sguardo malinconico del pensatore scopre un paesaggio triste che gli fa gelare il cuore, era altre volte, nel tempo dei tempi, cento anni almeno prima la nascita del Cristo Redentore, un'isola larga e fiorita che veniva chiamata Megaride o Megara che significa grande nell'idioma di Grecia. Quel pezzo di terra s'era staccato dalla riva di Platamonia, ma non s'era allontanato di molto: e quasi che il fermento primaverile passasse dalla collina all'isola, per le onde del mare, come la bella stagione coronava di rose e di fiori d'arancio il colle, così l'isola fioriva tutta in mezzo al mare come un gigantesco gruppo di fiori che la natura vi facesse sorgere, come un altare elevato a Flora, la olezzante dea. Nelle notti estive dall'isola partivano lievi concenti e sotto il raggio della luna pareva che le ninfe marine, ombre leggiere, vi danzassero una danza sacra ed inebriante; onde il viatore della riva, colpito dal rispetto alla divinità, torceva gli occhi allontanandosi, e le coppie di amanti cui era bello errate abbracciati sulla spiaggia davano un saluto all'isola e chinavano lo sguardo per non turbare la sacra danza. Certo l'isola doveva essere abitata, ne' suoi cespugli verdi, nei suoi alberi, nei suoi prati, nei suoi canneti,: dalle Nerèidi e dalle Drìadi: altrimenti non sarebbe stata così gaia sotto il sole, così celestiale sotto il raggio lunare, sempre colorita, sempre serena, sempre profumata. Era divina, poiché gli dèi l'abitavano.

Ma Lucullo, il forte guerriero, l'amico dei letterati, primo fra gli epicurei, abituato a soddisfare ogni capriccio, amava le ville circondate da ogni parte dall'acqua: egli era mortalmente stanco della sua casa splendida di Roma, della sua villa di Baja, della sua dimora di Tuscolo, della sua villa di Pompeja. Volle quella di Megaride e l'ebbe. Egli violò la dimora delle ninfe oceanine per farsene la propria dimora; egli volle per sé i prati, i boschetti di rose, i margini che digradavano lievemente nel mare; scacciò le sirene e vi mise le sue bellissime schiave. Fu un pianto solo per le grotte di corallo tra le alghe verdi; e le ninfe si lamentarono con Poseidone che non dette loro ascolto. Fu costruita la magnifica villa, sorsero per incanto i giardini degni di un imperatore, nei vivai diguazzarono le murene dalla brutta testa di serpente e dalla carne delicata, nelle uccelliere saltellarono i più rari uccelli, pasto di stomachi finissimi: sotto i portici della villa suonarono le cetre e le tiorbe in onore di Servilia sorella di Catone, moglie di Lucullo, bellissima fra le donne romane. Ivi danze festose, luminarie magiche, giuochi, banchetti, come solo Lucullo sapeva darne. Ivi profumi di nardo, coppe di nitido cristallo, nel cui vino generoso si scioglievano le perle: ivi toghe di porpora, pepli di bisso, gemme splendide, corone di rose; l'eterno cantico alla bellezza ed all'amore. Ivi accorrevano per riscaldarsi alla luce degli occhi di Servilia i giovanotti timidi che non osavano pronunziar parola dinanzi a lei, i gagliardi garzoni la cui parola superava d'audacia lo sguardo, gli uomini maturi e gravi che sorridevano ancora all'amore, i vecchioni che sospiravano la gioventù: e Servilia rideva, giovane e gaia, di questo incenso d'amore, rideva sempre, lusinghiera e crudele, come una sirena; e Lucullo, placido filosofo e ancor più placido sposo, godeva dei trionfi di Servilia. Egli amava le feste sontuose che durano dalla sera sino ai primi albori, i pranzi lunghissimi dove nèttare s'alterna a nèttare, dove la fantasia del cuoco vince quella di un poeta e fonde nel suo crogiuolo le ricchezze di un re; egli amava conversare coi letterati cui donava vasi d'oro, animali preziosi, case e giardini per provar loro la generosità di un privato. Servilia saliva la china ridente del piacere ed egli discendeva, tranquillo, verso la pace della vecchiaia. Per divertirsi, faceva scavare un canale d'acqua viva, faceva elevare una palazzina, scacciava lontano il mare, allargando i limiti dell'isoletta Megaride; Servilia si lasciava profumare dalle ornatrici, prendeva bagni di latte d'asina, portava alle gentili orecchie due pesanti perle che le laceravano la carne, le sue tuniche parevano tessute d'aria, i suoi sandali costavano prezzi favolosi; ed ella, assisa davanti alla spera , di acciaio, si contemplava.

Ella era nel trionfo della bellezza e della gioventù. Gli occhi ardenti di coloro che l'amavano, le davano una aureola di fuoco in cui ella camminava, graziosa salamandra, senza scottarsi: i sospiri di coloro che l'amavano, formavano attorno a lei una nuvola in cui le piaceva di respirare. Il mare batteva dolcemente sulle sponde di Megaride e non osava tumultuare; il sole la carezzava senza violenza e le aure leggiere ne facevano ondeggiare i fiori; nella placida luce lunare, l'isola sembrava tutta bianca, morbida e nevosa, in una infinita dolcezza d'aria e di tinte. E Servilia distesa sul lettuccio, vestita di stoffa tessuta d'oro, lasciandosi sventolare dalle schiave fremendo di piacere alla brezza marina, guardando distrattamente la ridda delle danzatrici, mormora fra sé, sono io, sono io la sirena! E l'aria mormora anch'essa, dopo aver scherzato con le chiome olezzanti: è lei, è lei la sirena. Servilia quando solleva un cespo di fiori è bella come Flora; Servilia, quando sceglie in un cestello la pesca matura, è bella quanto Pomona; Servilia quando porta sui capelli la brillante mezzaluna e al fianco la faretra, è bella quanto Diana; quando senza ornamenti, coi capelli disciolti, uscendo dal bagno, tutta stillante profumi, si lascia asciugare dalle schiave e s'avvolge nella tunica bianca, è...

– ...bella come Venere – sussurra lo schiavo innamorato.

– Più bella di Venere – dice, col suo olimpico orgoglio, Servilia.

Il che è udito dalle attente ninfe oceanine e Venere sa che Servilia l'ha offesa e Poseidone questa volta dà ascolto alla preghiera della sua bella amante.

. . . .

Rosicchia, rosicchia, o polpo molle, grigio, rassomigliante ad un cencio! Incrostati, incrostati ostrica, per minare le fondamenta! Piantati, piantati, alga, per strappar via una zolletta di terreno! Scavate, scavate, o piccoli animaletti del corallo! Rodi la roccia, o costante onda marina, fa un buco coperto di arena, coperto di piante, un buco perfido, nero e profondo! Rodete, rodete, piccole e pazienti potenze del mare! Piansero le Nerèidi, piansero le Sirene, Venere fu offesa e Poseidone è in collera.

.   .   .   .

– Libiamo agli Dei infernali – disse tranquillamente Lucullo, nella sua villa di Tuscolo, al funesto annunzio, e sparse sul terreno alcune gocce dell'inebriante liquore.

.   .   .   .

Vuoi tu scandagliare la profondità dei mare, o ardito palombaro? Sei tu stanco delle sirene della terra? Va sulla spiaggia brulla del Chiatamone, raccogli il tuo respiro e precipitati nelle acque: in un momento giunto al fondo, vedrai gli archi della villa, i giardini di Lucullo e la bellissima moglie, che è diventata la Sirena del mare. Ma non ti lasciar sedurre dalla visione e ritorna a galla, o palombaro ardito: sulla terra troverai sirene come Servilia che non ti possono amare e ti facciano morire dal dolore.

IL CRISTO MORTO

La cappella è glaciale. Pavimento di marmo, marmo alle pareti, tombe di marmo, statue di marmo alle pareti, tombe di marmo, statue di marmo. Un marmo scuro, che ha preso una tinta malaticcia ed umida pel tempo che è trascorso, pel sole che manca, per la scialba luce che piove dalle vetrate. Non ornamenti di oro, non candelabri, non lampade votive, non fiori: invece fregi, ornamenti, mosaici, iscrizioni, palme, volute, capitelli in pietra bianca, grigia o nera, non altro che pietra. Tutto vi è gelido, tranquillo, serenamente sepolcrale. Altrove è vita la voce del prete che prega, la tenue fiammella delle candele, lo squillo del campanello, lo scricchiolio di una sedia, il fumo sottile dell'incenso; qui non si prega, non ardono lumi, non sedie, non suonano campanelli, non fumano incensi. Non si vive per pregare, si muore nello sfinimento della preghiera che s'arresta sulle fredde labbra. Non è una chiesa, è una tomba.

– Volete vedere il Cristo morto? – chiede la guida, con la sua voce strascicata

Quella voce umana e volgare mi scuote. Eppure mi parla ancora di morte.

– Vediamo la prima cappella – mormoro, quasi vergognandomi di parlare.

Coloro che vi giacciono, quieti ed immobili, le braccia in croce sul cuore morto, appartengono alla nobilissima fra le famiglie; Grandi di Spagna di prima classe, due volte principi, due volte duchi, tre volte conti, cinque o sei volte marchesi. Sulla porta di entrata è la tomba dell'antichissimo antenato che andò alle crociate: ferito o svenuto in un combattimento, fu creduto morto e portato a seppellire, ma risvegliatosi d'un tratto, saltò fuori dalla bara più animoso e sbaragliò e sconfisse il gruppo dei nemici. Tombe dappertutto. Pompose iscrizioni latine in cui il sentimento ed il carattere s'affogano nella monotona convenzionalità dell'elogio. Solo le cifre hanno un malinconico significato: la vita non è lunga nella

nobile casa Vi muoiono presto le fanciulle, vi muoiono presto
i giovanetti. Ogni tomba ha la statua grande di colui che vi è
sepolto, o almeno un medaglione su cui si disegnano e si
rilevano certi profili soavi, certe linee serenamente altiere,
certi ondeggiamenti marmorei di chiome disciolte. Nella
famiglia è tradizionale una pura bellezza, più d'espressione
che di plastica. Ogni tomba ha la sua statua, ogni tomba ha il
suo medaglione.

– Volete vedere il Cristo morto? – insiste il custode.

– Finiamo di veder la cappella – ripeto io,
singolarmente infastidita e colpita da quella insistenza.

Fra una tomba e l'altra, statue e gruppi allegorici,
sempre in quell'interno e freddo marmo. Ecco il Pudore col
volto coperto da un velo, ecco la Fortezza, ecco la
Temperanza, ecco la Gloria, ecco l'Educazione, ecco l'Amor
filiale, vuote allegorie che non chiudono più alcuna idea.
Ultimo, poeticamente ultimo, è il Disinganno, un uomo che
cerca con uno sforzo supremo districarsi da una fitta rete che
l'avviluppa tutto. Singolare chiusura della vita, termine
singolare di tutte le sublimità, di tutte le passioni, di tutti gli
amori. Il Disinganno – e più altro.

– Perché questa tomba non ha medaglione? –
domando al custode.

Egli non m' ha udita, perché ricomincia a dire:

– Il Cristo morto…

– Vediamo l'altar maggiore – ripeto io, ostinandomi.

Sì, l'ultima tomba a dritta non ha medaglione. Manca
il ritratto della nobile principessa che vi è sepolta, che è morta
anch'essa così giovane. Il medaglione è liscio, vuoto, bianco,
come se ne avesse raspata, cancellata l'immagine. Ed è triste
come nella sala ducale, a Venezia, il ritratto di Faliero,
coperto da un velo nero. L'altar maggiore è nudo, severo.
Sulla parete, in fondo, n alto v'è un quadro, una Vergine della
Pietà, scolorita, che sostiene sulle ginocchia il livido corpo di
Gesù.

La pittura è guasta, bruna, tetra; un sorcio ha fatto un
buco nero nel costato di Gesù. Più giù, proprio dall'altar
maggiore, un grande gruppo in marmo che rappresenta la

Deposizione della Croce. Sempre lo stesso soggetto, sempre la morte.

– Ed ecco – ripete trionfalmente il custode, staccandosi dall'altar maggiore – il Cristo morto.

Sta ai piedi dell'altar maggiore, a sinistra. Sopra un largo piedistallo è disteso un materasso marmoreo; sopra questo letto gelato e funebre giace il Cristo morto. È grande quanto un uomo, un uomo vigoroso e forte. Nella pienezza dell'età. Giace lungo disteso, abbandonato, i piedi diritti, rigidi, uniti, le ginocchia sollevate lievemente, le reni sprofondate, il petto gonfio il collo stecchito, la testa sollevata sui cuscini, ma piegata, sul lato diritto, le mani prosciolte. I capelli sono arruffati, quasi madidi del sudore dell'agonia. Gli occhi socchiusi, alle cui palpebre tremolano ancora le ultime e più dolorose lagrime. In fondo, sul materasso, sono gettati, con una spezzatura artistica, gli attributi della Passione, la corona di spine, i chiodi, la spugna imbevuta di fiele, il martello. Sul piedistallo, sotto i cuscini, questa iscrizione: *Joseph Sammartino, Neap., fecit, 1753.* E più nulla. Cioè no: sul Cristo morto, su quel corpo bello ma straziato, una religiosa e delicata pietà ha gettato un lenzuolo dalle pieghe morbide e trasparenti, che vela senza nascondere, che non cela la piaga ma la molce, che non copre lo spasimo ma lo addolcisce. Sopra un corpo di marmo, che sembra di carne, un lenzuolo di marmo che la mano quasi vorrebbe togliere. Niente manca, dunque, in questa profonda creazione artistica: e vi è il sentimento che fa palpitare la pietra, turbando il nostro cuore, e v'è l'audacia del creatore che rompe ogni regola, e v'è il magistero di una forma eletta, pura, squisita. Quel corpo morto era poc'anzi vivo, si contorceva nelle angosce di un'agonia spaventosa, giovane e robusto si ribellava al male, si ribellava alla morte. Non vi era sfinimento, non vi era abbattimento: le fibre non volevano morire, il corpo non voleva morire. Ma sotto le pieghe del lenzuolo la testa ha un carattere stupendo: la fronte liscia ha un vasto pensiero; piangono gli occhi, è vero, pel cruccio fisico, ma le labbra schiuse hanno una traccia di sorriso che è una indefinita speranza. È vero. è vero, il dolore è passato dal corpo all'anima; è vero, l'anima è contristata, ma non è disperazione, ma non è desolazione. L'anima come la bocca è abbeverata di fiele, ma una goccia di consolazione vi è stata. Tutto quel Cristo è un dolore supremo, ma è anche una suprema speranza; ma il mistero di quella testa divina è così grandioso, ma l'ammirazione per la meravigliosa opera d'arte è così sconfinata, ma la pietà del bellissimo estinto è così invadente che il pensatore si scuote e non frena più le acute indagini dalla sua mente, l'artista s'inchina nella esaltazione del suo spirito ed il credente non può che abbandonarsi, piangendo, sui piedi del morto, cospargendoli di lagrime e di baci.

Singolare anima d'artista doveva esser quella dello scultore che ha dato all'arte questo Cristo morto. Nell'opera sua vi è tutto il suo spirito. Uno spirito dove sorgevano uguali, immensi, due amori: quello per una donna, quello per l'arte. Infelicissimo, terribilmente doloroso il primo.

Solamente chi ha conosciuto il furore acuto di una sofferenza senza nome può far passare tutta la poesia di questa sofferenza nel marmo senza vita; solamente chi è vissuto nelle lagrime, nell'angoscia, nella esaltazione di un'anima innamorata e solitaria, può infondere nel marmo il solitario e cupo dolore di questo Cristo. Lo scultore ha saputo, ha sentito. Ha saputo, ha sentito che cosa fosse il tormento sottile che stride come una sega piccina ed inesorabile; la desolazione grigia, lunga, monotona, dove tutto è cenere, tutto è nausea, tutto è disgusto: la disperazione larga e vasta e lenta come una fiumana di pianto; la disperazione fragorosa e tumultuante come un torrente che tutto trascina.

Chi ha fatto quel Cristo ha spasimato d'amore; ha amato ed ha pianto; ha amato ed un fremito mortale gli ha travolto le fibre; ha amato ed una convulsione ha contorta e spezzata la sua vita; ha amato senza speranza, senza gioia, senza diletto, abbruciando la propria esistenza nella tormentosa voluttà del dolore. Solo un uomo che ama può creare quel Cristo morto; solo colui che soffre col trasporto, con la passione delle sofferenze, può mettere in una statua tutta la sublime epopea del dolore. Ogni colpo di scalpello che scheggiava, rompeva, carezzava, curvava, ammorbidiva il marmo, era una parola, un gemito, un lamento, un grido, uno scoppio furente di questo amore. La passione dell'uomo vivo creava la passione del Cristo morto. E ne veniva fuori un'anima d'artista che imprimeva il suo carattere in un capolavoro dell'arte.

.   .   .   .

– Perché quella tomba non ha ritratto? – chiesi di nuovo uscendo dalla chiesa, mentre il custode faceva tintinnire le chiavi.

– Lo scultore non ebbe tempo di finirlo...

– Quale scultore?

– Il Sammartino.

– Ah!...

– ...Morì prima di finirlo. Fu trovato in una straduccia buia, di notte, con un pugnale nel petto.

– Fu ucciso o s'uccise?

– Si crede che si fosse ucciso.

.   .   .   .

Come nello strazio dell'ignota agonia, la testa del morto scultore doveva rassomigliare a quella del Cristo morto!

PROVVIDENZA, BUONA SPERANZA

Sono belli i bimbi napoletani e ridono e giocano come tutti gli altri bimbi del mondo; ma non vogliono alla sera stare quieti sotto il lume della lampada, se la giovane madre, o la gentile sorellina, o la nonna dagli occhiali d'oro, o la zia che lavora di calza, non racconta loro una storia, una bella e lunga storia che faccia spalancare i loro occhioni, sino a che il sonno li faccia diventare piccoli piccoli. Sono così tutti i bimbi del mondo? Io non lo so: io conosco solamente i miei bimbi napoletani che amano le storielle della sera. Vorrei essere io la madre ancora gaia come una fanciulla, la grande sorella nel cui animo di giovinetta si forma la madre, la nonnina che ricorda il suo giocondo passato, la zia che non ha avuto passato d'amore, che non ha presente e la cui mano tremante di emozione si appoggia timidamente sul capo di bimbi non suoi: narrerei loro la storia di *Provvidenza, buona speranza*. La vorranno essi ascoltare da me, che narro grosse e cattive storielle agli uomini grandi e buoni? I bimbi sono belli, amano le storielle e sono indulgenti col narratore…

V'era dunque una volta, nella nostra carissima Napoli, un uomo molto strano. Io non vi dico l'epoca precisa in cui egli visse la sua vita singolare, poiché a voi, bambini ridenti, non importa nulla una data, voi che avete la fortuna di obliare; poiché a voi non interessano le cifre, voi la cui vita è tutta una poesia. L'epoca io la so, poiché noi grandi abbiamo l'infelicità di sapere troppe cose inutili, di accumulare nella nostra testa tante notizie che a nulla ci valgono – lo so e non velo dico. A voi sicuramente interessa di più sapere come era fatto questo uomo strano, come vestiva, che cosa mangiava, quali erano le sue abitudini ed in che consisteva la sua stranezza.

Uditemi tutti attentamente che qui comincia il buono: questo uomo di cui vi parlo era lungo lungo come mai uomo può essere lungo, in modo che il popolo diceva sempre che egli era cresciuto all'umido e che la mamma aveva sempre avuto cura ad annaffiarlo, perché crescesse, quasi che egli fosse un alberetto e non un uomo. L'uomo lungo era anche molto magro, con certe gambe che ballavano nei calzoni, come un fodero troppo largo, con certe braccia che sembravano due aste sottili di mulino sempre in moto. I mulini li avete visti, nevvero? Si? Va bene; tiro innanzi.

L'uomo lungo e magro non era molto vecchio, poiché aveva tutti i capelli neri senza un filo bianco e gli occhi suoi, bruni come il carbone, brillavano come quelli di un giovanetto, ma la pelle del viso era gialla come la cartapecora dei libri di vostro nonno e si piegava tutta in mille rughe; il collo in cui i tendini erano salienti, rassomigliava alla zampa secca di una gallina morta. Egli era vestito sempre di nero, con certi pantaloni lucidi dal grande uso, troppo corti sul piede, lasciando scoperti gli scarponi di cuoio grosso e le calze bucate; aveva un lungo soprabito, le cui falde svolazzavano, che gli si adattava male alla vita, alle spalle, al collo, di cui il primo bottone era sempre ficcato nel secondo occhiello e così di seguito. Portava al collo come cravatta un fazzoletto bianco; in testa un cappellaccio, rosso dalla vergogna, tutto ammaccature e sassate, in mano un bastone nodoso, dal pomo grosso come quello di un capo-tamburo. Questo uomo non si sapeva da nessuno chi fosse, donde venisse, dove andasse; ma tutti lo conoscevano poiché il giorno e la notte girava per le strade di Napoli, figura allampanata e fantastica che al lume dei lampioni assumeva proporzioni inverosimili ed alla luce del sole pareva uno spettro che avesse smarrita la via del cimitero.

L'uomo si fermava a tutte le porte, si fermava sotto tutti i balconi e metteva fuori il suo grido, aspettava un momento, poi andava via. Egli conosceva tutte le case dove erano bambini e, arrestandosi lì sotto, gridava con la sua voce stridula: *Provvidenza!* Allora il bambino veniva, salutava l'uomo e gli dava un soldetto, o un frutto, o un pezzo di pane. Egli conosceva bensì tutte le case dove non erano bambini e vi si fermava sotto, gridando: *Buona speranza!* La sua voce suonava come un augurio e tutti coloro che hanno il desiderio vano pei figli, tutti coloro che li aspettano, tutti coloro che amano i bimbi, davan l'elemosina al mendico. Solo i cuori duri, quelli che sono egoisti, che non hanno mai voluto bene ad alcuno, non gli davano nulla; il mendico ne conosceva le case e non vi si fermava. Egli, tra il frastuono dei carri, delle carrozze, dei mestieri rumorosi, dei venditori che strillano il prezzo della merce, gittava sempre il suo grido alto, a tutti superiore: *Provvidenza, buona speranza!* Lo si udiva nelle cantine profonde, dalle soffitte altissime, dai giardini, dalle terrazze: il suo grido metteva allegria. Il povero ammalato che, confitto nel letto, guarda volare le mosche, conta i fiorami delle pareti ed i travicelli del tetto, sentiva volentieri quelle parole che dalla via pareva gli dessero promessa di una pronta guarigione: *Provvidenza, buona speranza!* L'operaio che nella sua bottega, nei calori soffocanti dell'estate suda a tirare la sega su e giù, si rialza più vigoroso, quasi animato da una vaga fiducia che il lavoro diventasse meno duro, il padrone meno esigente ed il pane meno caro: *Provvidenza, buona speranza!* La madre solitaria che di notte agucchia presso il tavolino, al lume temperato di una lampada e pensa al figliuolo marinaio, imbarcato su una nave che viaggia nei lontani mari del Giappone, e trema al soffio del vento, e ha gli occhi pieni di lagrime allo scroscio della pioggia, sorrideva a quella voce che nell'ombra le diceva sperare: *Provvidenza, buona speranza!*

Ma il mendico singolare che non parlava mai d'elemosina, s'intratteneva volentieri coi bimbi di Napoli, ne conosceva dappertutto, ne sapeva i nomi e talvolta anche i piccoli segreti. Nella strada di Santa Lucia dove i bimbi sono bruni, magri e nervosi e rassomigliano ai pesciolini svelti del mare, egli si fermava a guardare i tonfi che essi fanno nel mare, animandoli con la voce, agitando il bastone, eccitando i più bravi, applaudendo ai salti migliori: i bimbi salivano a ridere con lui, soffregandosi alle sue lunghe gambe, mentre a lui un riso bonario spianava le rughe e rischiarava il volto.

Nei quartieri nobili di Chiaia, di Toledo, della Riviera, egli guardava lungamente i bimbi vestiti di velluto e di trine, coi riccioli ben pettinati, gli stivalini nuovi fiammanti, le manine inguantate, i bimbi che vanno a passeggiare in carrozza o guidati dalla mamma: i bei bimbi non avevano paura né ribrezzo del mendico e talvolta gli davano un confetto o un pezzettino di cioccolatto che egli, che nessuno aveva mai veduto a mangiarne, divorava con una letizia sorridente, col capo riverso indietro, con gli occhi lucidi di contentezza. Nei quartieri bassi del Pendino e del Mercato, dove i bambini sono pallidi e malaticci pel cibo di frutta acerbe, egli, di nascosto, dava loro dei soldetti e fuggiva via con le sue lunghe gambe, gridando ed agitando il bastone. Su pei giardini delle colline, dove i bimbi sono floridi di ciera hanno i capelli gialli pel sole ed i piedi nudi nella polvere, egli li chiamava a frotte intorno a sé, faceva le capriole, si buttava per terra come un pazzo e se li faceva camminare sulle gambe, sulla pancia, sullo stomaco, ridendo e strillando, poi ne agguantava un paio, li baciava disperatamente e scappava via per le viottole, simile ad uno spaventa-passeri. Di notte girava per le vie della città dietro ai bimbi che cercano i mozziconi dei sigari e tastando in terra col bastone, coi suoi occhi di gatto che bucavano l'oscurità, ne trovava, anche lui dei mozziconi e li buttava tacitamente nel cestino del piccolo *trovatore*; si fermava sulle soglie delle chiese dove giacciono in terra a dormire, arrotondate come cani, tante miserabili creaturine senza tetto e sollevandole se ne metteva un paio col capo in grembo, coprendole con le falde del suo soprabitone, rimanendo immobile al freddo, seduto sugli scalini, guardando i ricchi e gli agiati che rincasano e vanno a baciare i bimbi che dormono nel calduccio del letticciuolo. *Provvidenza, buona speranza*, andava al mattino ed al pomeriggio sulla porta delle scuole a vedere i bambini che vanno o escono dalla scuola; negli otto giorni di ogni anno in cui l'ospizio dell'Annunziata è aperto al pubblico, il mendico passeggiava gravemente nelle sale mirando i trovatelli, parlando loro, baciucchiandoli, palleggiandoli e canticchiando loro misteriose canzoni. Era singolare come il mendico intendesse il linguaggio fatto a balbettìi dei piccini piccini e le domande incoerenti dei più grandetti ed i bimbi comprendevano lui che non era compreso dagli uomini. Una notte *Provvidenza, buona speranza*, scomparve e non si seppe più nulla di lui, né fu più visto. Un ortolano di Capodimonte narrò di averlo visto, nella notte, sopra un masso, disperarsi, salutare, mandar baci alla città immersa nel sonno, buttarsi per terra col capo nella polvere, piangere, strapparsi i capelli, poi rialzarsi e partire.

Quelli che lo conoscevano, si dispiacquero di non vederlo più, di non udire quel suo grido che rallegrava, i bimbi di Napoli ci pensarono un par di volte, e più altro. Fu detto poi che Provvidenza, buona speranza era un grande medico di un paese lontano come la Svezia, Norvegia o la Danimarca, che si fosse fatto amare dall'unica figliuola del re, l'avesse sposata segretamente e ne avesse avuto un bellissimo bambino – che il re, saputo il fatto, fosse montato in una grande collera, avesse esiliato per sempre il medico, carcerata la figliuola in un appartamento e messo a balia il bimbo – che il re vecchio, morto, il medico fosse chiamato accanto al re nuovo, suo cognato, a prendere il suo posto a corte presso la moglie ed il figlio. Fu detto questo, ma in Napoli, fra le madri ed i figliuoli, fra i bimbi ed i popolani, è rimasta tradizionale la figura di *Provvidenza, buona speranza* e l'annuncio del suo arrivo serve ancora a calmare gli strilli dei piccoli impertinenti, ad asciugare le lagrime dei piagnolosi ed a far addormentare quelli troppo vivaci che hanno la pessima abitudine di vegliate tardi, senza sapere che il sonno... I bimbi dormono.

LEGGENDA DI CAPODIMONTE

Lassù, sul colle, vive il bosco verdeggiante dalle fresche ombrie. I sentieri si allungano a perdita d'occhio sotto i grandi alberi; sulla terra scricchiolano lievemente le foglie morte. La vegetazione sbuca possente dal suolo, s'ingrossa nei tronchi nodosi, si espande nei rami che si intrecciano, nelle innumerevoli foglie lucide e brune; ai piedi degli alberi cresce l'erba morbida e minuta, dalle foglioline piccine. Nelle siepi fiorisce l'anemone, e sfoglia al suolo i suoi petali la rosa selvaggia. Schizzano, sfilano le lucertoline grigio-verde, dalla testolina mobile ed intelligente, dalla coda nervosa. Sotto gli archi dei grandi. alberi: penetra temperata la luce; tra foglia e foglia il sole getta, sulla terra dei cerchielli ridenti e luminosi; raggi sottili e biondi passano tra i rami. Il silenzio è profondo; è lontana, lontana la rumorosa città. Un profumo vivificante si espande; ogni tanto il garrito allegro di un uccello fa ondeggiare le conche rosee dell'aria. Non è, non è la piccioletta e magra natura dei giardini tagliati ad angoli retti, squadrati, polverosi e malinconici; non sono le aiuole di fiorellini variopinti che non dànno freschezza, non dànno ombra, tirati su con cure infinite; non è la natura corretta e riveduta, sfacciata e pomposa che si stende al sole senza vergogna, riarsa, secca. È la forte e possente natura che irrompe dalla terra vera, e allaga, e inonda la campagna come oceano di verdura; è la natura pudica e grande del bosco, che si ammanta di foglie, che vela il volto divino, che molce la passione delle sue nozze nell'ombre discrete nei placidi silenzi, nei recessi ignoti. È nell'immenso bosco che si sogna; nei quadrivi lontani trapassa rapidissimo un lieve fantasma; nei bruni tronchi apparisce qualche leggiadro volto di donna; la foglia che cade sembra il rumore di un bacio scoccato. È nel discreto e amabile bosco che s'ama…

Egli errava nei viali, solo, pallido e triste. La città lo stancava; era incurabile la malattia che gli corrompeva l'anima. L'occhio vitreo s'affisava sopra ogni cosa bella senza piacere, senza dolore; né festa di colori, né capolavoro d'arte, né donna bellissima valevano a trargli un sorriso sulle labbra. Nella città una fanciulla sottile e pensosa si struggeva lentamente per lui d'amore: egli non l'amava. Altrove, altrove era il suo amore. Lassù, forse nelle incomparabili e lucide stelle, gioielli glaciali del cielo; laggiù, forse nelle bianche e verdi onde, il cui fragore rassomiglia al metro di una poesia monotona ed uniforme; al polo, forse, negli albori nevosi, nelle atmosfere frigide, dove il sole non riscalda e non illumina; nella nera ed orrenda Africa, forse, fra le liane rosse e gigantesche e fra i serpenti azzurri dagli occhi ammaliatori.

Egli amava lontano in un punto indefinito, in un paese sconosciuto, con un amore sconfinato ed ignoto, una creatura misteriosa che egli aveva creata. Non la chiamava, non la voleva, non la desiderava: l'anima sua nulla sapeva di volontà e di desideri. Amava. Il suo palazzo rimaneva vuoto, la madre si desolava nella solitudine, i servi dormivano nelle anticamere, i nobili cavalli scalpitavano invano nelle vaste scuderie. Egli non si ricordava più di tutto questo. Trascinava la sua vita vagando nelle viottole di campagna, vagando nei viali del bosco, dove ritrovava la pace; trascinava la lenta vita consumandosi nell'amore. Il corpo s'illanguidiva, le gote scarne avevano il colore della morte, non mandavano più lampi di vitalità le pupille. È questa la funesta malattia che uccide gli umani; è il fatale ed insanabile amore dell'ideale.

Nella nebulosità di un viale, dove si elevava un velo opalino ed iridescente, in un mattino d'inverno, egli la vide. Era una forma snella, senza contorni, fatta d'aria, ondeggiante; fu un balenìo lieve, un luccicare, un istante solo di luce. Egli corse, ansioso, rinvigorito; nulla ritrovò, la forma gentile era scomparsa. Ma come il suo cuore si pose a desiderare ardentemente di rivedere il fuggevole fantasma, con la possanza della volontà lo evocò di nuovo. Sempre lontano, sempre un'ombra vana. Qualche cosa di bianco e di lucido che tremolava, che non toccava il suolo, che si dileguava nelle linee indefinite dell'aria. Quello, quello era il suo amore: giunto sul punto dove gli era apparso, egli s'inginocchiava e baciava la terra, adorando così la immagine fuggitiva. Ogni giorno la divina creatura si concedeva sempre più: gli appariva meno lontana, distinta, più chiara. Era una creatura celestiale, una fanciulla bianca bianca, le cui forme quasi infantili si velavano in un abito candido. Ella compariva e nel volto circonfuso di luce, gli sorrideva; agitando il capo, lo salutava. Poi cominciava a camminare, e lui la seguiva con gli occhi intenti, movendo i passi macchinalmente, concentrato tutto nell'attenzione; ella radeva appena la terra, abbandonava i sentieri noti, penetrava tra gli alberi, appariva e scompariva, voltandosi a sorridere, lasciando che il lembo bianco del suo abito radesse l'erba, con un piccolo e lusinghiero mormorìo. Egli non osava parlarle, tremava, la voce gli moriva nella gola; bastava alla sua felicità contemplare ardentemente, con la fissità della follia, con gli occhi aridi che gli bruciavano, il suo amore che fuggiva dinanzi a lui. Ella girava, girava pel bosco, arrestandosi soltanto un minuto, chinandosi a carezzare i fiori, ma non cogliendoli, non lasciando traccia sull'erbetta calpestata; appena egli la raggiungeva, ella riprendeva la sua corsa. Lui dietro, senza sentire la stanchezza delle sue gambe che diventavano pesanti come il piombo; lui dietro, sostenuto dall'indomita volontà, eccitato, esaltato, sospinto all'ultima e più acuta vibrazione dei nervi. Fino a che, approssimandosi al castello, il celeste fantasma cessava di sorridere, ed una malinconia si effondeva dal volto gentile; poi, entrato nel cupo androne, volgevasi per l'ultima volta, salutava, agitando la mano, e scompariva. Lui non osava gridarle: rimani, rimani! e s'abbandonava sopra un banco, spossato, abbattuto, morto.

– Perché non siedi a me daccanto, o dolce amor mio? Perché non mi ti accosti? Non temere, non mi appresserò troppo. Sai che t'amo, so che m'ami; so che dobbiamo troppo avvicinarci. E neppure puoi parlarmi: così vuole il destino. Ma io t'amo; tu sei il mio cuore. L'anima mia è fatta di te; non sono io, sono te; se io muoio, tu morrai; se tu muori, io muoio. Come sei bianca, o divina fanciulla! I tuoi occhi sono trasparenti e chiari, non mi guardano; le tue guance hanno appena una trasparenza rosea, le tue labbra sono pallide pallide, le tue mani sono candide come la neve, ed un fiocco di neve è il tuo manto. Hai tu freddo, cuor mio? Non sai che io ho la febbre, che il, sangue schiuma e bolle nelle mie vene, come un'onda impetuosa? Sorridi? Puoi calmarmi così. Quest'ardor che m'infiamma, questo incendio che divampa in me, solo la carezza della tua gelida mano potrebbe domarlo, solo il tocco delle tue gelide labbra potrebbe assopirlo. No! Non allontanarti, resta, resta per pietà di chi t'ama. Non ti chiederò più nulla, creatura bianca ed innocente. Tu leggi in me, vedi che sono puro, che il mio cuore è candido come la tua veste, che non lo macchia desiderio di fango. Non fuggirmi, non rivolgere il, volto celestiale; quando tu m'abbandoni, ecco, la vita declina, in me: tutto diventa buio, tutto diventa muto, ed io piango sul mio sogno distrutto, sul mio cuore desolato. Donde vieni tu? Dove vai, quando mi lasci? E perché mi lasci? T'amo, non lasciarmi.

Non parlava la fanciulla nei colloqui i d'amore. Ella ascoltava immobile, bianca, pronta sempre a partire; ogni tanto un sorriso indefinito le sfiorava le labbra, una mestizia le compariva in volto; ma sorriso e mestizia erano spostamento di linee, non corrugamento di fronte o espansione di labbra; era espressione, luce interna, quasi una lampada soave s'accendesse dietro un velo.

Non parlava la fanciulla, ma ogni giorno ella restava più a lungo con colui che l'amava. Egli le parlava lungamente, poi stanco, la voce gli si abbassava a poco a poco, poi taceva. La contemplava, estatico. Ella si muoveva per andarsene.

– Non partire, non partire! – supplicava lui.

Ella restava ferma innanzi a lui, i piedini bianchi come ale di colombo, appena posati a terra, coi capelli vagamente adorni di rose bianche, con un lembo di abito sostenuto da rose bianche.

– Siedi, siedi accanto a me!

Ella non sedeva, immota, guardando dinanzi a sé coi grandi occhi senza pupilla.

– Parlami, parlami – mormorava lui.

Ella non aveva voce, non si muovevano le labbra. Invano egli la pregava, la scongiurava, s'inginocchiava, ella non gli rispondeva. Era inflessibile e serena.

Ma in un crepuscolo d'autunno, egli trovò le frasi più eloquenti per esprimere la propria disperazione: batté la fronte a terra, sparse le lagrime più cocenti, adorò la fanciulla. Ella parea si trasformasse; dietro il candore della pelle pareva che cominciasse a correre il sangue. Egli, folle, morente di amore, le offerse la sua vita per una parola.

– M'ami?

– Sì – parve un sussurrìo.

Allora, in un impeto di passione, egli l'abbracciò. Un orribile scricchiolìo s'intese e la divina fanciulla cadde al suolo, frantumata in tanti cocci di porcellana candida.

Nella notte profonda, quando i custodi dormivano, nella deserta sala delle porcellane cominciò un mormorìo, un bisbiglio, un'agitazione. Correvano fremiti da una scansia all'altra, attraverso i cristalli; voci irose e sommesse si urtavano, fieri propositi, progetti di vendetta cozzavan l'un contro l'altro. Poco a poco la calma si ristabilì: tutto era deciso. La sfilata cominciò. Prima fu l'Aurora bianca sul suo carro tirato da quattro cavalli candidi; e discesa nel giardino dove lui giaceva svenuto accanto al suo idolo infranto, maledisse per sempre le sue albe; la seguirono le ventiquattro fanciulle che sono le Ore, e sfogliarono rose avvelenate sullo svenuto; dopo vennero gli Amorini, e gli conficcarono nel cuore i dardi acuti e dolorosi. Il gruppo passò. Secondi vennero i sette re di Francia, bianchi, sui cavalli bianchi, Carlomagno, S. Luigi, Francesco I, Enrico II, Enrico IV, Luigi XIII, Luigi XIV; galoppando pei viali, toccarono con lo scettro, con la spada l'infelice, ed ogni colpo gli rintronò nel cervello. Poi ogni statuina s'avviò, gli sputò in viso, lo insultò, lo calpestò; ogni tazza fu piena per lui di cicuta, ogni vassoio di cenere, ogni coppa da fiori contenne per lui fiori malefici e crudeli. Ed infine si mosse il grande gruppo dei Titani che vogliono scalare l'Olimpo: Giove, seduto sull'aquila, fulminò il moribondo, ed i Titani lo seppellirono sotto enorme sepolcro di massi. Poi ognuno riprese la sua via, i gruppi rientrarono nelle scansie e vi rimasero immobili. Fu questa la vendetta della fredda e candida porcellana su colui che aveva frantumata la fanciulla immortale.

È questa la storia eterna e fatale. L'ideale raggiunto, toccato, va in pezzi — l'arte si vendica sulla vita – e l'anima muore sotto un immane sepolcro.

LEGGENDA DELL'AVVENIRE

Tu, buona e baldanzosa fanciulla, giunta al termine delle mie fantastiche storie, sorridi. Ed io, poveretto autore, condannato a leggere nel volto del suo lettore presente o ad indovinare l'animo del lettore assente, cerco di spiegare che significhi il lampo del tuo occhio nero e l'arco ironico del tuo labbro rosso come il fiore del granato. E quasi o mia bella ed impenetrabile sfinge, dal viso puro e colorito come il granito di quelle statue, quasi comprendo il senso del tuo riso muto ed intelligente. Le fantastiche, istorie dove tanta parte della vita napoletana si riflette, non t'hanno spaventata; e se il tuo spirito è corso dietro all'inafferrabile fantasma, al folletto piccolino, tu non ne hai avuto paura. Queste storielle sono antiche, alcune antichissime, appartengono al lontanissimo passato che non ritorna più; furono vita e morirono; furono dramma umano e sono parole vane, tradizione oscura e scorretta. Rimane di esse talvolta un quadro, una statua, una chiesa una tomba, un bosco, talvolta una semplice idea, talvolta un, semplice nome, ma è il passato. Tu, orgogliosa giovinetta sorridi nel presente, sorridi all'avvenire, non puoi volgerti indietro, guardi innanzi, dove è la tua bella realtà di luce e di profumi. Tu leggi le storie del passato, ma le sirene, i cavalieri, le dame, i monaci, i grassi borghesi, i pallidi poeti non ti destano che un sorriso di pietà; essi sono morti e vive Napoli bella ed immortale, vive la gioventù gioconda, vive il glauco mare, vivono i ridenti poggi. Immenso si svolge l'avvenire. Lo so. Ma pel sarcastico sorriso con cui tu ti burli delle mie care larve, evocate dalla tradizione o dalla fantasia popolare, io voglio castigarti, cattiva fanciulla. Io voglio far un'opera crudele e disonesta: voglio, narrandoti la fiammeggiante leggenda dell'avvenire, distruggere il tuo mordente sorriso, farti impallidire le guance e farti fremere ogni fibra del corpo, ogni piega dell'anima, pel raccapriccio e per l'orrore.

Oggi la città è bella perché così Iddio la volle, mentre poco la vogliono così gli uomini. Ma quando nella morbida e indolente natura dell'uomo sarà entrata quella vivacità attiva ed operosa che non si perde in vuoto cicaleccio, in vaghe aspirazioni ed in sogni grandiosi; quando alla lenta coscienza che si addorme volentieri nell'ammirazione sarà subentrata l'operosa coscienza che tenta vie migliori e di niuna s'appaga e cerca raggiungere l'alto scopo con ogni sforzo; quando alla fantasia che crea, alla mente che trova, alla intelligenza che indovina, non rimarrà più disubbidiente ed inerte il braccio che opera; quando accanto all'artista che sogna sorgerà il popolo che intende, il borghese che pensa e l'aristocratico che sente: allora solamente la città sarà stupenda. Ora ella s'adorna di fiori, ma è povera; ora ella sorride, ma appena appena il lacero vestito, che fu di porpora, copre le belle membra; ora ella è gaia, ma spera solo dalle piogge benefiche il lavacro, che terge le sue strade nere e sporche, ora balla e canta sulle sue sponde odorose, dove il mare accompagna le sue danze e le sue canzoni, ma nel suo porto non accorrono ancora le navi dai gonfi fianchi carichi di mercanzie; ora. biancheggiano le ville di cui s'adornano i suoi colli, ma non sale ancora al cielo, incenso gradito, il fumo grigio dei mille opifici. Che importa! Questo giorno verrà ed allora la città sarà santa. Pensa, o poetica amica, al felice connubio dell'arte con la natura, pensa alla celeste armonia fra l'uomo che crea ed il mondo da lui creato, pensa alla città che sarà bella e buona, tutta bianca e colorita dal sole, senza macchie, senza cenci: oh, allora, allora! O lontano avvenire, o giorno splendido che come quello di Faust meriteresti di essere fermato...

Ma la divina città che amiamo deve morire; la crediamo immortale ed è sacrata alla morte; la crediamo eterna e la sua vita è tenue come quella di un bambino. Deve morire. morrà; si dovrà dire al viandante pensoso e malinconico: qui fu Napoli. Tutto le potremo dare: il lavoro che la nobiliti, il commercio che l'arricchisca, l'acqua che la lavi, il sole che penetri nelle larghe vie, ma non la sottrarremo alla morte. Sarà ninfa ridente, azzurra, rosea, bionda di sole, piena di gioventù, fremente di vita, ma sarà morente. Lo dice la profetica leggenda, ripetuta di bocca in bocca, che circola nelle vie, che entra nelle botteghe, che sale nei salotti della nobiltà. Verrà il novissimo giorno. Vedi tu quella montagna ai cui piedi si stendono i bei villaggi bagnati dal mare, sui cui fianchi verdi cresce la vigna del vino generoso; vedi quella montagna striata da lugubri fasce nere? È lei che farà morire Napoli: così dice la leggenda profetica. Arde il fuoco liquido, bolle e schiuma nei fianchi della montagna e si accumula da secoli pel giorno funesto; di fuori appena una nuvoletta di fumo bianco ed innocente rivela il profondo lavorio. Correvano le bighe e le quadrighe per le vie di Pompeja la bella. Amavano al sole i leggiadri garzoni dalle tuniche bianche e le fanciulle dai candidi pallii, si vestivano di bisso e si profumavano di nardo le seducenti etere, correvano giovani e vecchi al foro, alle terme, ai teatri, sulle porte delle case erano sospese corone di rose olezzanti: la montagna volle e Pompeja morì. Quando la montagna vorrà, Napoli sarà distrutta: e il terribile e bel vicino che noi guardiamo con ammirazione e quasi con affetto, poiché egli è tanta parte della bellezza napoletana, sarà il carnefice.

E nessuno ne saprà l'ora, né il giorno. Nella città la gente tumultuosa andrà ai consueti uffici, correrà dove il piacere la chiama, dove la chiama il dolore, amerà, odierà, godrà, piangerà, vivrà insomma come se nulla fosse. Nel cielo sereno brilleranno le stelle; nell'aria calma s'eleverà la sottile penna di fumo. Poi, sul cratere, comparirà une punto rosso, come un lumicino acceso lassù, come un carboncino; i napoletani si stringeranno nelle spalle e mormoreranno: solite storie. L'eruzione crescerà con molta lentezza e gli uomini di scienza d'allora ne constateranno i fenomeni e ne annunzieranno la prossima fine; ma l'eruzione crescerà sempre, continuamente. Un rombo sotterraneo comincerà a far tremare i vetri delle case; tre strisce vivide di lava scorreranno lungo i fianchi della montagna; il cielo cupo si tingerà di rosso, il fondo del mare sarà rosso; giungeranno i forestieri a contemplare il mirabile spettacolo, i napoletani si affolleranno sul molo, a S. Lucia, a Mergellina, sui terrazzi, sulle colline, compresi di ammirazione. Ma dai villaggi che sono sotto il monte principierà a fuggire la gente spaurita e si riverserà nella città, dove sarà accolta a braccia aperte – e la lava procederà sempre. Nuove bocche si apriranno. La lava è a Resina.

Ma i napoletani non temono: il Vesuvio è loro vecchio amico, vuole scherzare, è un brontolone, ma presto tacerà. Poi vi è San Gennaro, che con le dita sollevate in atto d'imperio, comanda alla lava di non avanzarsi; le donne pregano il parroco della cattedrale a portare in piazza San Gennaro di argento o il prezioso suo sangue che è conservato nelle ampolline. In qualche chiesetta si prega.

Una mattina il sole non viene fuori, una fitta nube grigia nasconde il cielo, piove cenere; i napoletani sorridono ancora e vanno ai loro affari sotto quella strana pioggia. Ma il giorno seguente il rombo diviene tumultuoso, le scosse di terremoto si succedono l'una all'altra, orribili convulsioni squassano il monte, sui cui fianchi si aprono dappertutto bocche di fuoco, le lave si uniscono, si fondono, sono una lava sola, è una montagna di lava che cammina verso la città coi suoi ruscelli di fuoco; soffocanti fetori di zolfo ammorbano l'aria, piove cenere calda e pesante, acqua bollente, piovono lapilli infuocati sulla città: riuniti al grande vulcano corrispondono, con pauroso miracolo ridestati, le eruzioni dei monte Echia, dell'Epomeo e di Pozzuoli. Piove la morte. Nel clamore disperato dei morenti, nel fragore delle case che nel tuono del terremoto, nella spaventosa tempesta del mare che si rizza incollerito o ribelle, nel bagliore sanguigno che capovolge la natura e le cose, la lava entra in Napoli e Napoli finisce di morire in un incendio colossale.

. . . .

E che? Tu sorridi ancora, orgogliosa creatura? Ti comprendo: leggo nel tuo pensiero come in un libro dalle pagine aperte. Tu pensi quello che io penso; tu sorridi a quella morte; questa Napoli che fu creata dall'amore, che visse nella passione della luce, dei colori smaglianti, dei profumi violenti, delle notti innamorate, visse nel lusso grandioso della natura e nella espansione superba del sentimento, questa città

appassionata morirà bene, morirà degnamente nell'altissima e
fiammeggiante apoteosi di fuoco.

-FINE-

Printed in Great Britain
by Amazon